LA PETITE BARBARE

ASTRID MANFREDI

LA PETITE BARBARE

ROMAN

belfond

FSC
www.fsc.org
MIXTE
Papier issu de sources responsables
FSC® C003309

Pocket, une marque d'Univers Poche,
est un éditeur qui s'engage pour la préservation
de son environnement et qui utilise du papier fabriqué
à partir de bois provenant de forêts gérées
de manière responsable.

ISBN : 978-2-266-26725-0

Tu t'en vas sans moi, ma vie
Tu roules
Et moi j'attends encore de faire un pas
Tu portes ailleurs la bataille...

Henri MICHAUX, *Ma vie*

À l'isolement. Ç'a été leur dernière injonction et ils l'ont respectée. J'y suis. Pas de télé, pas de *Secret Story* avec mes copines de poisse surexcitées par la gloire. Pas de beaux mecs à pectoraux et cervelle passée au hachoir.

Pourquoi est-ce encore moi qui paye ? Ils vont me laisser croupir là et autoriser les angoisses de la nuit à me jeter un sort. Je lancerai contre leurs murs de pisse mon cri de Cheyenne sans tribu. Pourquoi est-ce encore moi qui paye ? Et l'autre, là, le dirlo, il va l'avoir sa cellule capitonnée, la visite de maman avec le cake aux fruits et les clémentines contre les carences en vitamine C. Moi, plus personne ne vient me voir. Il paraît que je l'ai bien cherché, qu'il ne faut pas jouer à faire la belle, qu'il aurait mieux valu plier et dire merci monsieur de me laisser entrevoir une chance d'habiter dans votre baraque à la lisière de rien. Allez vous faire foutre.

Vous ne couperez pas mes cheveux, vous me laisserez ma parure de fiancée de dessin animé, de Lorelei du pauvre. Pourquoi est-ce toujours moi qui paye ? Eux, à côté, rien. Les hommes, ils ne paient jamais. Ils esquivent. Lui c'est comme les autres : c'est sa faute, elle m'a envoûté. Comme si j'étais une sorcière, un fantasme qui se serait glissé en douce dans son cerveau. Le temps va être long. Pas de livres non plus, même plus les poèmes que j'aime bien parce que parfois, derrière les mots, il y a des choses puissantes.

J'ai vingt-trois ans, j'ai bouffé ma chance comme un hamburger trop gras et ce n'est pas la surveillante qui me filera du rab. « T'as plus que les yeux pour pleurer », elle me balance. Vieille vache moche avec son gros cul qui pue l'ennui dans son pantalon à trois sous. Mais je ne pleure plus, je suis devenue un bout du Sahara. Écœurée, laminée, épuisée mais pas honteuse. Peut-être pour le bourge, si, je n'aurais pas dû. Il avait qu'à porter autre chose que ces pompes à la con payées par papa. Et moi j'étais dans la spirale, les circonstances ont pris le dessus. Ça va être long, je n'ai plus qu'à m'inventer des potes imaginaires comme quand j'étais petite et que les deux losers s'affaissaient dans le canapé. « Pas de remise de peine », ils ont ajouté histoire de foutre un coup de pelle de plus dans mon espoir. Faudrait que je me dégote un juge, un col blanc qui sort son foutre tous les trente-six du mois. Un petit clin d'œil, ou alors le coup de la mèche qu'on écarte et voilà, *in the pocket*. Ils sont tous pareils, les hommes, putréfiés dans l'abandon, dans le manque d'amour, dans le film porno sous le manteau. Des meurtriers sans le courage du flingue. Et en plus il faudrait les respecter. Pourquoi ne pas les aimer tant qu'on y est ?

On ne dira jamais assez à quel point mater un mur toute la journée peut rendre fêlée, car une fois que t'as déchiffré les appels au secours du crépi tu te retrouves sur ton pieu face à une souricière. Rien à espérer sauf te raccrocher à des détails comme cette bande de lumière qui entre dans la cellule et dont la clarté sans accroc te propulse dans ton histoire. Et t'as beau te dire que tu préférerais être chez Zara et acheter des robes à faire chavirer les mecs des beaux quartiers, tu sais que le seul défilé auquel t'auras droit c'est celui des souvenirs et de l'ennui. Il est midi, je mange des épinards en boîte et bois du café sans caféine dans une cellule de cinq mètres carrés où mon corps ne peut plus crier sa colère. Y a plus qu'à écrire, dire le pourquoi du comment qui fera mouiller ma psy, dire l'écrasante réalité et la banlieue qui fout des coups de Nike dans le rôti du dimanche.

Oui, c'est là-bas que tout a commencé et j'y suis née. Je ne sais pas si c'est à cause de là-bas que je suis ici. Je ne crois pas à une fatalité des lieux qui t'inscrirait dans la géographie du néant, mais même si Sciences Po recrute ses futurs énarques de gauche en banlieue pour faire chier les statistiques, ça ne fait pas tout. Je suis née belle à pleurer un jour de grand froid et d'arbres morts, de parents enterrés avant d'avoir commencé. Ils m'ont légué leur vie, leurs mauvais films et leurs fins de mois difficiles. Il paraît qu'on peut en guérir. C'est loin d'être sûr.

Mais ça commence vraiment à six ans. Avant, c'est le néant, une instabilité de la mémoire. Pas de souvenirs de Playmobil ni de bacs à sable, rien. Je ne sais pas où j'étais avant six ans, il y a un court-circuit. Pas d'odeur de macarons ni d'after-shave à papa. Pas d'histoires racontées le soir. Mon premier souvenir c'est l'image de mon père, chômeur branleur sur le sofa. Rien à en tirer. Pas le genre à se couper en quatre pour sa fille. Non. Un branleur.

Mais on s'en fout.

Bref, j'ai six ans, je joue au ballon et je gagne la balle. La victoire. C'est toujours moi qui me faufile entre les jambes et rapporte le trophée. Je pisse encore au lit pour emmerder papa qui emmerde maman qui emmerde les enfants. Ça fait des draps chauds, puis ensuite de glace. Un courant d'air permanent. La vie. J'aime bien mes cheveux. Je n'aime pas mes pieds. Ils sont tordus, bizarres, je déteste les poser par terre car ils ne vont jamais là où je veux. À la fenêtre, ça sent la cité. Pas la cité de la télé, ma cité à moi. Elle va craquer. Ça fera bander en rectitude les bulletins de vote.

J'ai six ans et je suis sur le balcon, je vois les frères, les grands, les petits, tous ceux qui ont la tête de travers mais sympa. Ils parlent mal j'adore. De toute façon à quoi ça sert de parler bien ? Moi j'en suis à mélanger les lettres. L'alphabet ça ne rentre pas.

Alors, qu'ils parlent mal ça me convient. Ici tout le monde fait des trucs bizarres pour se donner la sensation d'être encore en vie et quand l'autre soir ils ont jeté une boule de pétanque par la fenêtre, la détonation a réveillé les croque-morts. Le monde applaudissait. On aurait dit une grande fête avec tous les voisins ravis de chasser le silence. Puis il y a eu des sirènes, ces bruits d'un autre monde que plus personne n'avait envie d'entendre. Plus bas, plus loin, les chiens hurlaient. Ceux des frères avec leurs capuches et aussi ceux des forces de l'ordre qui enlèvent leurs capuches pour exhiber leurs crânes de fachos.

Une meute de loups sans la forêt. Ensemble, sans personne à mordre. Des loups éclairés par des lampes torches hurlant contre des tours constellées d'antennes qui diffusent les infos en boucle. C'était drôlement beau, puis irréel, cette lumière.

Je tape du pied, j'ai de grandes émotions déjà, une montgolfière de sensations fortes. Comme bonbons, j'aime les Chamallows, c'est mou et ça appuie sur ma carie. Je ne le dis à personne que j'ai une carie car cet îlot de souffrance dans ma bouche c'est ma fête qui dure longtemps, une fête à laquelle je n'invite personne.

Dehors, j'aperçois des arbres avec des feuilles d'un vert extrême. Un vert de faux-cul. Dans le hall de la cité, tout le monde s'en fout de demain. C'est un mot oublié, un mot de tête brûlée pour les bibliothécaires.

Un mot qui ne sert à rien.

C'est la nuit, impossible de dormir, les flash-backs se bousculent. J'ai réclamé des somnifères mais ici on chouchoute la torture de l'insomnie pour que tu rabâches ton mea culpa. Dans le sablier le temps prend ses aises, voilà le châtiment. Alors les reliques de l'enfance font office de compagnie.

J'ai huit ans. Le temps passe comme le jambon dans la trancheuse du charcutier. On a huit tranches et on n'a rien remarqué. Drôle de métier.

Quand les huissiers ont sonné à la porte, j'avais une Chupa Chups dans la bouche. « Dans le bec », elle dit ma mère. J'aime ce va-et-vient qui boursoufle mes lèvres de son sucre fruité. Quand ils ont sonné, ils ont pris tout ce que j'aimais. Maman n'a pas contesté, elle avait les cheveux en ribambelle sur le visage et la lumière du réverbère dans l'œil droit. Sa tête de sorcière à la colle avec une vierge folle. Sa tête habituelle sauf qu'elle serrait encore plus les poings.

L'autre, à côté, l'homme qui prétend être mon père mais qui ne me ressemble pas, il se taisait. Il ne dit plus jamais rien, il attend que ça passe. Mais ça ne passe pas. L'argent ne pousse pas. Quand les huissiers sont partis, maman a rebranché ses piles et elle m'a touché la tête vite fait. J'ai eu la boule au cœur et le goût du sucre dans la bouche comme une consolation.

Pour l'affection elle n'est pas douée. Rarement elle m'embrasse, elle n'ose pas, peut-être que ça la brûle. Parfois je me frotte contre elle, j'imite le chat, mais je crois qu'elle préfère le chat. Elle n'est pas méchante, ce serait injuste d'écrire ça, mais elle est là par défaut. Elle a les mêmes cheveux que moi, bruns et lisses, et quand elle me passe la main sur la tête j'ai l'impression qu'elle s'enracine, qu'elle cherche à voler mon pouvoir. Tout est dans la kératine, faut le savoir.

Maman travaille quand elle a l'occasion dans les bureaux de la Défense, un boulot nase où il faut déblayer les saletés que les autres ont laissées. Avec l'homme qui dit être mon père, ils bavardent, ajustent leurs aiguillages déréglés. Je suis dans mon pyjama rose, j'entends tout. Elle lui reproche sa paresse, sa respiration saccadée et les dartres qu'elle a chopées sur ses mains à cause des produits d'entretien du boulot. Elle crie qu'elle aurait dû tomber dans les escaliers quand elle était enceinte de moi. Après les cris, je me recroqueville sur mon lit mais je ne pleure pas. On ne part pas en vacances. Ma mère elle a sa phrase là-dessus : « Les vacances, c'est dans la tête. » En attendant, j'en ai marre de la piscine municipale. Parfois, elle s'égaie soudainement, pas façon oiseau mais plutôt à la manière du poisson de mon bocal. Ses éclairs de joie surviennent pour des raisons étranges qu'elle seule comprend car elle a verrouillé l'accès à ses rayons de soleil. Le sourire de maman c'est une nageoire rouge qui s'étire jusqu'aux tempes et on dirait qu'elle manque d'air, qu'elle va nous quitter sur ce sourire comprimé dans le bocal triste de son visage.

Ça me rappelle la fois où j'ai été invitée à un anniversaire. Elle n'avait pas d'argent pour acheter un cadeau à mon pote. « Fais-lui un bisou, ça suffira. » J'avais honte dans le pavillon blanc avec la dame si élégante à la porte. Mais j'ai écouté ma mère et j'ai fait un bisou au garçon. Damien, il s'appelait. Ça a plu. J'ai continué. Quand je suis rentrée, j'ai dit à ma mère que ça avait marché. Elle a souri, rien de plus. J'avais son accord. La partie pouvait commencer.

C'est ça, ma mère. Économe même dans ses moments de joie. J'ai eu des élans d'amour pourtant, des flashs d'adoration quand son euphorie me parvenait. Maman dans sa doudoune rose ambiance cochon de l'espace, fluette et tragique comprimée dans ce Nylon obèse. Maman chantant *Titanic* juchée sur le canapé et hurlant qu'elle était partie en croisière. « Les vacances, c'est dans la tête. » Maman au supermarché inventant le Caddie magique, celui qu'on aurait pu avoir si l'argent avait poussé au bon endroit.

J'ai huit ans et j'adore quand elle vient me chercher à l'école, quand elle soutient à l'institutrice qui me prend pour une débile que je ne suis pas une enfant comme les autres. Quand, en reluquant ses courbes pédagogiques, elle lui dit que l'alphabet le plus utile c'est celui que j'apprends en laissant pousser mes cheveux jusqu'à la taille. Les garçons sont fous de mon désordre capillaire. Ils sentent la vie quand ils le touchent. Je suis une pagaille de voyelles. Des oh, des ah.

Lui, l'homme qui dit être mon père mais qui ne me ressemble pas, avec sa tignasse en salade, pour rien au monde je ne voudrais qu'il vienne à l'école ou qu'il m'embrasse. Mais parfois lui aussi a ses instants de gaieté. Il me dit que je suis belle et que la tête lui tourne d'être entouré de déesses. Ça ne fait rire que lui. Je sais que ça ne sert à rien d'être belle, sinon maman aurait une autre vie. Il dit qu'il cherche du travail. Un jour je l'ai grillé, il matait des trucs de cul sur son Minitel. Il a vu que j'avais vu. Il m'a dit que c'était une erreur. C'est lui l'erreur, pauvre type. Il braille qu'à l'ANPE, il n'y a que des fainéants, que la société est un tas de merde, que la politique c'est du spectacle. Que les paillettes ne se collent que sur les mains des riches. Il a la haine mais il reste cloué sur le canapé.

Ma mère ne lui répond rien, je crois qu'elle préfère lui à rien. Même si elle regarde la télé et qu'elle voit les beaux mecs bien mis des téléfilms. Elle sait donc. Et en plus il pique dans son porte-monnaie. Là aussi je l'ai capté. Comme je n'ai pas cafté il croit qu'on est d'accord, qu'on a un pacte muet. Je suis petite mais je sais qu'il n'aime pas ma mère comme on doit aimer une femme. Il profite de sa beauté parce qu'il est trop paresseux pour chercher cet éclat ailleurs. Quand il sort le soir, il rentre et il nous fait son bel canto rebelle. Le petit doigt en l'air, il commémore son passé d'anarchiste et il dit que plus jamais il ne travaillera, que le système est une dictature. C'est lui le triste facho sans pognon.

Voilà, j'ai huit ans. Mes pieds moches, j'aimerais qu'ils m'emmènent plus loin. Un jour peut-être. Mais ce jour-là je veux que ce soit la vie en rose. Quand je les vois tous les deux reliés par rien d'autre que moi, je me pose des questions sur pourquoi les garçons aiment les filles. Est-ce qu'ils cristallisent leurs yeux dans les leurs le temps d'un slow ? Et après ils posent les mains autour de leur taille et elles sont prises au piège. Mon père et ma mère, eux aussi ils ont dansé ensemble avant que je débarque et c'était à une soirée comme il y en a tant ici. La pauvre musique grésille, les filles sortent le grand jeu et les mecs font semblant de trouver ça génial. Des soirées de bières tièdes et de baisers qui n'enivrent pas. Au fond, personne n'est dupe, tout le monde sait que, trois stations de RER plus loin, c'est autrement, il y a des effluves de parfums chers et des chaussures en cuir et des bagnoles qui ne tombent pas en panne. Mais nous, on reste là à se regarder dans le blanc des yeux en écoutant *Le freak, c'est chic*. Elle a dansé contre lui et il a serré sa taille et elle a dû être heureuse. Puis la musique s'est arrêtée. Il avait la tchatche à l'époque, il militait un peu quand il l'a rencontrée. Il voulait un monde plus juste mais il ne dépassait pas la lisière pour faire entendre sa voix. Il restait accoudé au zinc, faisait durer ses discours et son auditoire se réduisait alors que la nuit avançait. Il finissait par parler seul et ma mère venait le chercher. Elle lui pardonnait parce qu'elle devait se dire que plus jamais elle ne rencontrerait un type pour l'étreindre aussi bien. Une fois, ils sont allés tous les deux voir la mer et ils ont rigolé en s'éclaboussant d'eau salée. Elle m'en parle quand le père part en virée. Elle me raconte l'écume, les vagues ininterrompues et j'imagine qu'on se cache toutes les deux dans la grande bleue.

Est-ce que c'est cette histoire qui m'a fait aimer les livres ? Est-ce que je désirais retrouver l'océan ou voir à nouveau les joues de ma mère qui s'empourpraient au récit de son unique week-end au bord de l'eau ?

Les livres, c'est au bibliobus que je les ai rencontrés pour la première fois, le mercredi après-midi quand y avait pas école. Après il a cramé mais j'avais eu le temps de repérer des bouquins et de m'irriguer l'imaginaire avec des histoires où des gamines blondes et intrépides font les quatre cents coups sans être repérées. Dans ma chambre, j'ai deux matelas : celui du dessus sur lequel j'entends les gros mots de la vie et celui du dessous, ce soupirail de livres par lequel j'expérimente l'absence de limites. Les bouquins, je les lis quand la nuit est épaisse, quand aucun loup ne hurle. Je dévore tout, je caresse les tranches et les couvertures dans l'espoir de faire mon baluchon et de partir à l'aventure, affranchie des slows qui entraînent les filles dans des musiques qui ne sont pas les leurs.

Malgré cette insatisfaction qui nourrit leurs cris ils vont bien ensemble, les parents. Un duo de noyés. C'est moi qui ne vais pas avec eux, je suis incompatible. Ça fait un bail qu'il ne lui chante plus le refrain des filles aux cheveux longs et qu'il a de l'antimite dans le crâne. Il n'a plus que des poches sous les yeux et des tickets perdants pour le tiercé. C'est tout ce qui lui reste. Et je ne sais pas si je lui dois rien ou moins que rien.

Rebelote, toujours pas de caféine dans le café et ce coup-ci je flanque un coup de pompe dans le plateau-repas. Elle n'a pas bronché la mégère derrière la porte. Je l'ai entendue souffler puis traîner des pieds et gratter du papelard pour faire un rapport. Qu'est-ce qu'elle va consigner la gardienne des clés ? Que je refuse de manger leur mort-aux-rats et que je veux une gousse de vanille dans mon petit-suisse ? J'aime la vanille, ça me rappelle les cheveux de ma mère. Quand elle s'en aspergeait avant qu'on prenne le RER pour faire une balade sur Paris toutes les deux.

Je dois avoir dix ans, ses cheveux sentent bon et elle profite que ça roule vite pour me faire des confidences. Elle trouve ça plus facile avec la vitesse et elle prend son air de tragédienne : « Tu es grande maintenant, une petite femme. Il faut que tu saches. » Je me bouche les oreilles car je sens que vient la cour des miracles en pire. Je fais semblant de m'endormir et elle me parle sans une pause avec une voix bizarre assourdie par le bruit des rails. Au final, la seule chose que j'entends c'est que maman on ne l'a jamais aimée et qu'elle avait des rêves. Après les bribes du RER on va s'asseoir dans une brasserie à Châtelet et j'en prends plein les yeux : les serveurs sapés en pingouins qui se bousculent, les banquettes rouges et cette vie shootée à la caféine. La vitesse m'éblouit et ça change de la cité où le temps est au ralenti. Pendant un moment on reste dans la brasserie bien au chaud sans parler. Elle regarde ailleurs et moi je fais semblant de jouer avec les emballages du sucre tout en la scrutant, terrifiée à l'idée qu'elle se mette à chialer et me colle la honte. Les serveurs la draguent malgré son air flippé, c'est vrai qu'elle est belle.

Mais elle ne pleure pas, elle demeure impassible. Elle choisit de s'exiler. Elle ne joue pas non plus avec moi, et au bout d'un moment ils nous foutent dehors parce qu'on ne consomme pas assez, et du coup on va zoner dans la rue où j'ai l'impression que tout l'indiffère. Cette errance pourrait durer des heures, mais on finit par trouver un banc dans un square et elle regarde les autres enfants avec un sourire étrange sans réaliser que je suis à côté et que j'attends. Quand on repart, je retrouve la bonne humeur. Maman ne dit rien de tout le trajet du retour, elle se contente de fermer les yeux et je me régale du parfum de ses cheveux. C'est ma boule de glace préférée et elle est gratos. Quand mon père part en teuf avec les rares potes qui l'écoutent encore, on dort toutes les deux et ce sont les plus beaux moments de ma vie. Je me protège contre elle, j'entends son souffle et je fais un vœu pour qu'il ne s'arrête jamais. Je crois qu'elle m'entend car elle a un visage serein.

Au petit matin, elle retrouve mon géniteur qui pue la bière sur le canapé mais elle s'en fout. Ça me file la trouille de savoir qu'un jour je serai pareille et que je finirai seule et muette dans un café à côté d'une petite fille que je regarde à peine.

Ils m'ont enfin redonné la télé. Ils ont vu qu'à l'isolement et sans les images ma vie foutait le camp dans ces cinq mètres carrés. Je suis rassurée, la revoilà la grosse boîte à vices. J'ai une nouvelle obsession : Nabilla. Celle-là, elle ira loin. Sauf si elle squatte trop le dance floor et qu'elle commence à gober des trucs pas nets. Là elle finira façon Loana : dans l'enfermement de la dépression. Elle est magnifique Nabilla. Une poupée qui s'actionne toute seule, qui ne met pas de culotte puisque c'est là que tout commence et que tout finit, elle a raison. Elle a écarté les cuisses l'autre jour sur Canal. Ça m'a excitée. Je me suis touchée, ça m'a rappelé le bon temps : les sacs Marc Jacobs comme s'il en pleuvait, la bouteille de Taittinger en perfusion. Tout ça pour pas grand-chose, juste se faire bouffer la chatte. Y a pire, faut avouer.

Une autre qu'est incroyable, c'est la Marine. La même bouche que Nabilla, le même dermato pour l'injection de collagène, mais pas le même débit. Elle parle vite, elle a avalé une BM la bourgeoise. Ses cheveux filasse ne sont pas une réussite capillaire mais elle doit aimer la chevauchée indigne. Je le sens. Si ça se trouve non, une position du missionnaire, puis c'est l'heure des médicaments. Elle est intarissable et personne ne peut la faire taire. Elle va gagner, les gagnants sont ceux qu'on ne peut pas faire taire. Les autres, ils méditent trop. Ils vont avoir les boules à la cité, si c'est elle.

Je m'ennuie. J'aimerais parler à quelqu'un de vrai, prendre une douche au Tahiti senteur coco et enfiler un string bien chaud. Mais rien à faire, je suis en tenue de loseuse : jogging. Pour seule conversation, les rappels à l'ordre de la matonne. Elle n'arrête pas de me dire que je peux m'estimer heureuse de ne pas avoir été décapitée. Moi je trouve qu'il vaudrait mieux être morte.

C'est quoi tout ce cinéma pour maintenir en taule les irrécupérables ? Ils croient quoi ? Que je vais changer ? Me transformer en Laurie et parler aux coccinelles ?

Avant l'âge de quarante ans je voudrais retourner sur les Champs et boire une coupe toute gaie. Si quelqu'un pouvait le dire au juge.

Les Champs et une coupe.

C'est raisonnable comme demande. Personne n'en tiendra compte. Ou alors ils se foutront de ma gueule et viendront avec leur psychologie d'enfarinés et leur caméra de mauvais réalisateurs. Si en plus ils savaient que la Petite Barbare écrit.

Oui, quelques bulles pour ne pas crever.

On s'en fout.

Depuis une semaine y a plus de shampoing et le cuir chevelu me démange. J'ai rempli une demande de produits d'hygiène en cochant la case sur le formulaire mais la matonne a dû le bouffer. Le sébum me colle aux doigts et je déteste cette sensation qui me renvoie aux heures inquiètes de la puberté. Chez moi, c'est à treize ans que le bourgeon a commencé à faire des siennes.

Y a pas eu de baguette magique, le temps a appuyé sur la zappeuse. Pas comme une étoile filante ni façon superproduction ; ici le rêve c'est plutôt un film sans budget pour ajouter la 3D. Dans la rue les gens parlent tout seuls et ont l'air complètement anéantis par les mauvaises nouvelles. Le téléphone mobile a investi la cité.

De mon côté, je n'ai pas tellement progressé dans l'organisation de l'alphabet, toujours la dyslexie et zéro orthophoniste pour arranger le chaos. Je me contente d'écouter et de sourire aussi, beaucoup. Un grand sourire désarmant. Mais je n'en pense pas moins, c'est ça ma force. Je suis au collège, le collège de Youri Gagarine, un Soviet à cheveux blonds et à écussons scotchés sur un costume ridicule pour faire *Apollo 13* dans l'espace. Tu parles d'une arnaque.

Dans ma classe ils sont tous débiles. Certains rêvent d'aller en Asie pour enfiler des perles et d'autres de vendre de la drogue à l'international. Pour la première fois j'ai lu un poème qui m'a emballée, *Ma vie*. Henri Michaux il s'appelle le mec. C'est un truc où il dit que sa vie, elle ne doit pas se barrer comme ça et qu'il en veut encore et qu'il ne comprend pas pourquoi y a rien qu'arrive alors qu'il a le cœur comme un bâton de dynamite. *Tu t'en vas sans moi, ma vie/Tu roules/ Et moi j'attends encore de faire un pas.* Moi, je crois que c'est vrai, que *Le petit peu que je veux, jamais tu ne l'apportes*.

J'ai espéré mais les vers à la gomme n'ont pas résolu les soucis de ma mère. Elle porte toujours la même doudoune rose, pas de sous. Et mes potes ils ne savent plus quoi faire. Nul. Limite à se laisser embobiner par les mecs qui parfois viennent déposer leurs prêches au pied des tours.

Ici, c'est toujours aussi béton armé. Mon père s'est mis en tête de repeindre les murs de notre taudis à défaut d'en changer. « Un nouveau départ », il dit. Il a un côté bonze à l'encéphalogramme plat à ne rien foutre, à détester son ciel et à vouloir tout repeindre en pire dans des couleurs écœurantes. Décidément, le rebelle n'a pris du galon que dans le mytho.

Pour m'instruire, je mate des documentaires sur des voyages organisés pour les riches qui vont dans des pays pauvres afin d'admirer combien les gens d'ailleurs sont tolérants alors qu'eux te ferment la porte au nez quand tu leur demandes un euro. J'ai fait la manche pour fumer des pétards et personne ne m'a jamais rien donné. J'ai même chanté la chanson de *Titanic* sur l'esplanade du supermarché, que dalle. Comme musique, j'écoute Nirvana et un peu de rap et des trucs tragiques à l'eau de rose. Kurt Cobain, un écorché. Qu'est-ce qu'il est beau ! Pas comme les garçons d'ici tous sapés en profs de gym.

J'aime bien fumer de la drogue. C'est mon pote Esba qui m'a fait goûter. C'est bon, ça sent le paradis et puis tu ris, enfin. Pas un sourire de nageoire, un véritable rire écarlate, sans raison, sans avenir.

Esba, il est cool, il est noir. Hyper looké, beau gosse, la peau trop bronzée pour finir bien. Il écoute la musique violente de ceux qui fracassent le système. Pas la même que mon père toujours cloué sur le canapé à jouer les Asiats. Non, une musique tripale qui te met des bleus partout. On sent que ça peut exploser d'un moment à l'autre, que les Nike s'approchent de Passy. Ma mère avec toujours sa même tête m'a sorti que j'avais un côté punk. Je suis allée voir ce que ça voulait dire, je n'ai pas aimé la comparaison. Je n'aime pas les trous et les collants filés, j'aime la sape et tout ce qui brille, le rouge à lèvres qui laisse des traces indélébiles. Je garde tout le temps la bouche ouverte comme une promesse. Je m'en fous de respirer, je veux mourir essoufflée. Du bruit et de la fureur, voilà ce qui germe dans le cœur de mon cœur. Ça gronde, c'est un orage et aucun présentateur météo ne pourra prédire où il va s'abattre.

« C'est bon, ça », me sort Esba.

Il aime entendre mon flow. Esba est mon seul ami

même s'il n'aime pas lire. Moi si, je lis jusqu'aux prospectus que je trouve par terre. Lui, il préfère marcher vite en gardant son profil de médaille sans un regard pour ce qui se passe en bas.

« Le sous-sol, c'est pas notre monde », il dit.

Ma mère a encore à cette époque quelques ambitions d'éducation et elle aimerait que je consulte car elle s'imagine que j'ai avalé une abeille qui bourdonne à l'intérieur. Mais moi j'ai autre chose à faire : j'ai roulé une pelle à un blaireau de pavillon et j'ai eu droit à une robe. Une récompense. Elle me va bien cette robe, on voit mes seins qui pointent. Quand elle m'a vue la porter et parader, elle m'a collé une baffe. Elle est envieuse et c'est pour ça qu'elle veut m'envoyer chez le psy. Je sais déjà que tout s'achète. De la machine à laver jusqu'au désir. Le désir, un beau mot, ça claque. Comme la jalousie de la mère sur ma joue.

Au bahut ils nous parlent de la guerre, de la paix, de cette obligation d'amour envers tous les peuples, les Juifs et les Arabes unis sur une seule et même terre regardant bêtement pousser les oliviers en sifflotant *We are the world.* Je sais que c'est bidon, je me souviens des chiens en bas de la tour, des chiens avec des fausses gueules de loups prêts à dévorer le néant.

Nous ne sommes pas unis. L'argent nous sépare, il pousse en se foutant de l'égalité et distribue ses dividendes comme il l'entend. C'est lui le big boss. C'est comme ça. On vient d'où on vient. Moi, je ne viens de nulle part, ou alors du pays des filles à cheveux longs, bruns et lisses, des filles qui ne dialoguent qu'avec elles-mêmes parce qu'on ne peut compter que sur soi.

Dans la classe, les garçons me préfèrent aux autres filles. Ça m'arrange bien. Les filles elles mesurent leur séduction au look de leur sac. Je me fous de tout. Je n'ai rien avec logo. Pas d'euros. « Les vacances, c'est dans la tête. » Je suis belle, ça ne sert à rien, ça sert à tout.

J'aime ce mot : rien. Ne rien faire, ne rien dire, ne rien aimer, ne rien apprendre, ne rien ressentir. Laisser couler et fumer un peu de ganja.

Avec Esba, on se dit que plus tard on fera un gang. Un gang qui déteste tout savoir. J'adore l'idée, même si je ne sais pas pourquoi, c'est lui qui l'a eue. Il disait ça avec beaucoup de cool et cette nonchalance qui n'appartient qu'à lui. Aucune violence visible, un lézard qui se meut entre les fissures, discret, imprévisible et sauvage. Parfois en points suspensifs dans ses yeux quelque chose d'autre, une sorte de décrochage flippant. Un peu comme s'il perdait la tête. Il a deux ans de plus que moi : quinze ans. Tout le monde l'admire. Il gagne ses galons de caïd sans parler, en toisant. On le croirait sorti d'un plan-séquence de *Scarface*. La grande classe.

Ma mère a définitivement perdu son travail de captive dans les tours de la Défense. Et elle a rejoint pour une durée indéterminée mon père sur le canapé. Bloc de haine et d'échec. Bien sûr, lui, il n'a rien repeint. Que de la gueule. C'est bien les mecs, ça. Faut pas les écouter, leurs promesses c'est comme gagner au loto, improbable. Ils sont lents, ils attendent le déluge alors qu'il fait soleil. Je ne veux d'eux que leurs cadeaux et leurs doigts propres dans mes cheveux.

Un après-midi d'ennui, j'ai roulé une pelle à David, un mec de troisième hyper sexy qui fout le feu au cul de toutes les filles du bahut. Sa bouche avait un goût de miel et je n'avais pas envie d'en partir. Pourtant aucun cadeau de sa part. Il est allé plus loin, il a fouillé, j'étais très mouillée, je me laissais faire.

Envie de recommencer, encore et toujours, je me touchais en même temps ambiance porno star. Il m'a dit que son pénis était dur, je l'ai touché longtemps, c'était doux, du velours. Il n'a pas voulu recommencer. « Dégage, la pauvre », il m'a sorti après avoir enfoncé ses doigts.

Ensuite, j'ai pleuré sur mon lit, j'ai bu du Malibu-orange avec Esba et j'ai gerbé sur le paillasson. Ma mère a ri et m'a dit qu'elle avait fait pareil à mon âge. Tu parles d'une référence. Tout le monde copie sur tout le monde. Une vie de faussaire qui reproduit les déceptions à l'infini.

Puis j'ai commencé à boire de plus en plus souvent. Pour oublier le miel dans la bouche. Esba s'est foutu de ma gueule et m'a dit que je ressemblais aux vieilles peaux sentimentales qui parlent toutes seules. Mes cheveux n'ont pas gagné cette fois-là. Finalement, y a pas que ça. Quoi d'autre alors ? Même quand on est pauvre faut essayer d'être riche. Tu m'étonnes qu'il en faut du blé et que c'est pas utile de poursuivre la route si on ne peut rien s'offrir, même pas un baiser sucré sur les lèvres.

Avec Esba je pars de plus en plus en virée. Je zappe le temps, l'école aussi car c'est ailleurs que ça se passe. Esba, il n'ose pas me toucher. Je suis une fille en or pour lui. Un soir, il a voulu qu'on tape un mec de cinquième bien sapé. « Elle va te sucer, tu lui donneras tout », voilà ce qu'il a dit. J'ai rien répondu. Rien compris. Je n'ai pas aimé mais je l'ai fait. Il a regardé et filmé avec une caméra chourée à un bourge. Esba, il doit avoir raison. Il est tellement au-dessus, un grand rapace survolant la crasse. Sa peau illumine ma nuit.

J'écoute. Je n'ai rien d'autre à faire. Écrire et écouter les rares bruits qui me parviennent assourdis à travers les murs qui ponctuent leur trajectoire. J'en suis à trois mois sur les six d'isolement. Privée des copines de cellule, je ne vois plus personne si ce n'est la surveillante inflexible et un psy.

Deux fois par semaine, j'y ai droit. C'est un nouveau, un homme. Ils ont bien fait. Après l'élevage féminin de psychologues bredouillantes accros au sacerdoce, ça réchauffe quand la porte s'ouvre sur une stature avec deux pieds bien posés et une blouse portée à juste titre. Exigeant et sans complaisance, son regard me pétrifie car avec lui je ne peux pas tricher. Il est jeune, avec une forme de beauté à laquelle je ne suis pas habituée, quelque chose de plus, la classe qui ne se marchande pas, une fierté installée de longue date. Une haute silhouette, des épaules costaudes, un corps un peu épais dans lequel on pourrait s'envelopper comme dans un manteau douillet mais coupé dans un tissu qui gratte, il s'appelle Julien, Julien Neveu.

Au début, j'ai fait le même numéro qu'avec les autres professionnels de la tête. La tenue outrancière de michetonneuse, le tee-shirt court qui laisse entrevoir le tatouage, les cheveux en bataille organisée, les lèvres très humides. Mais Dr Neveu ne cède pas à mon numéro d'insecte bariolé affolant la ruche. Pendant dix minutes, nous nous évaluons en silence jusqu'à ce que je me sente de parler, alors il me tend un élastique. « Attachez vos cheveux. J'aimerais vous voir. »

Je rougis et tire ma tignasse très fort en arrière. Offert et nu mon visage se transforme en un territoire fait de failles dont il est le sismologue minutieux. « Redressez-vous. Sortez le doigt de votre bouche. » C'est sans appel.

À nouveau je bafouille un oui dont la docilité me surprend. Avec lui ma colère rentre direct dans sa cage et je n'ose plus la rafale de provocations. Je tente un peu la moquerie en narguant la photo de la sirène posée sur son bureau. Mais après j'ai honte car la fille sur la photo n'a rien d'une crasseuse. Elle est belle avec un sourire vrai. Et le soleil rentre dans la pièce quand on la regarde. Il me dit que c'est sa femme, rien de plus. Il attend que je me décide à parler d'autre chose que de lui. Ça ne sort pas, ça reste emmuré. Pas facile d'avouer que le galbe de mes escarpins me faisait plus d'effet qu'un mec en train de crever sur une chaise sous les taloches de mes potes.

Quand la séance se termine, je n'ai pas avancé d'un mot et y a que ma queue-de-cheval qui monologue sur mon crâne.

Encore la nuit. Le vide et seule la téloche qui dégueule sa rengaine. La vraie nuit jamais noire me manque.

J'en suis où ? Pas très loin. J'ai seize ans, ma vie stagne comme un jaune d'œuf trop cuit. Heureusement il y a le champagne, l'aubaine funky de l'adolescence, le breuvage doux et doré qu'on vole aux fils de riches en clignant l'œil de biche. Pute, c'est du boulot, tout est dans l'œillade. La nuit, nous marchons dans Paris une bouteille de veuve-clicquot à la main. Terrés dans leur confort flippé les immeubles demeurent bouches cousues. Personne ne nous entend, le feulement de nos baskets ne laisse rien présager de la révolution qui verra le jour. Une nuit comme une autre, tout explosera et nous serons relax à nos fenêtres tandis que d'autres galoperont dans tous les sens, leurs livres de lièvres érudits sous le bras. La pièce, il y a longtemps qu'on l'a écrite mais aucun d'entre eux ne l'a lue. Ils la vivront en live, nous tirerons les ficelles de leurs vies de marionnettes de la fraternité et ils viendront mendier l'armistice de notre rage. Nous envahirons les Champs de cette existence du pire que nous avons bâtie sans même qu'on nous regarde. Ils ont laissé la mauvaise herbe pousser sous leurs discours de progressistes planqués et aujourd'hui, c'est le venin de l'herbe folle qui s'infiltre dans leur téléfilm.

Qu'ils rangent leur science, la guerre est déclarée. Le spectacle, c'est maintenant.

J'ai seize ans. Sur ces trottoirs qui nous bannissent ma haine éclôt comme une fleur sauvage, écarlate et douce. Dans son pistil névrotique et analphabète le souvenir de champs vierges, d'hommes unis autour d'une même parcelle d'horizon. Encore, chaque soir, je chante, à tue-tête. La voix de la rue mutique. À ceux qui nous disent ignares, j'envoie les premiers feux d'une révolution labellisée par les géants de la consommation qui chaussent leurs gamins. J'ai seize ans. Parfois, je suis fière de moi.

Dans ma tête, ça bourdonne en mode autotamponneuse et Esba se marre. Son rire fauve incendie le crépuscule insomniaque. Nos mains se tendent, se touchent, s'interpellent. On déconne, les vannes fusent. On rit de l'attente des autres, des bons élèves, des équations sans solutions, de la prof de français qui s'étrangle sur Racine. On regarde des films de cul trash où l'amour est une plaisanterie d'un autre temps. On écrase les fleurs des jardins publics et on mange des chips en admirant nos silhouettes impeccables et lisses à se damner. Nos mots d'ordre : se saouler et troubler l'ordre public.

Mon Esba, toujours là celui-là. Inchangé et inchangeable, la violence en guise de poignée de main. Il aime ma main, il la veut douce, me passe des crèmes sur la paume.

« C'est important d'avoir les mains propres. » Et il

rit, encore et encore. Et je ris aussi. De toute cette liberté, du ciel mauve qui tend sa robe de cardinal impie sur notre avenue : les Champs-Élysées.

Là-haut dans la cité, toujours le même chantier, les tours que l'on détruit pour reconstruire pareil en plus bas. Pas l'habitude du pavillon, les gens des tours. Y a pas d'horizon. Personne n'entend rien. Une surdité collective, tu peux monter le son tranquille. Scotchée à la lose de son canapé, ma mère vit avec l'alcool sa dernière liaison dangereuse. Comment lui donner tort ? Je ne l'ouvre pas, des fois qu'elle voudrait reprendre son rôle d'éducatrice.

Il faut ne plus être libre pour comprendre ce que ça fait de ne pas être libre. Le nœud coulant autour des pieds en lieu et place de la gorge. Je comprends ma mère et je la revois si obéissante tandis qu'elle caressait la tête du père, effrayée à l'idée qu'il se réveille en sursaut et souille l'indulgence de sa caresse. Si seulement il avait pu dormir pour toujours.

Je repense à la cellule de préventive et à la cruauté des femmes quand elles sont en vase clos. Même pour le sexe c'était impossible, tous ces cheveux gras mal entretenus, cette colère sans éclat, ces mômes qu'elles ont laissés. Elles ont toutes des bâtards avec des vêtements distribués par la main populaire. Ils font peine à voir au parloir, ils s'agitent, ils braillent « Maman, maman ». Et elles, pour la plupart, elles sont shootées au Subutex de contrebande, incapables d'amour maternel, excisées du sentiment tant on leur a marché dessus.

Pour tenir le cap, j'ai essayé de garder un peu d'allure, de marcher droit, le port de tête ça refroidit les plus excitées. C'est une sacrée discipline. Le seul truc bien c'est qu'à force de la ramener avec mon blues, ils m'ont proposé des bouquins alors j'ai lu, beaucoup. Je lisais tout ce que je trouvais, je ne faisais pas ma difficile tant que les histoires des autres me permettaient de zapper la mienne. Aujourd'hui, la morale voudrait mes remords mais rien à faire, c'est un mot que je ne comprends pas. Je trouve ça ridicule de tendre l'autre joue ou de demander pardon.

Je paye, là, ça ne suffit pas ?

J'étais belle et chaque soir je dansais. Je n'avais rien à faire, tout venait à moi. C'est avec leur ressac permanent qu'ils ont tissé eux-mêmes leur propre toile de mort, les hommes. Je n'y peux rien. Je n'ai pas abusé, je parlais peu, je ne disais pas que j'aimais, que je m'attachais, je ne téléphonais jamais. Je n'ai joué à aucun jeu. Ils se sont inventé le leur pour oublier des échecs que je ne pouvais pas compenser. J'ai lu dans le pauvre livre de leur vie leurs attentes refroidies, toutes leurs mères criminelles et leurs garces sans scrupules. Je n'ai rien fait de mal, seulement danser.

Depuis les séances avec le Dr Neveu j'écris à fond, mon bâtard, je l'appelle, mon futur livre, autant en rire. Et puis j'adore regarder à la télé les femmes pas libres même quand elles vivent au grand air. Celles qui font des castings pour *L'amour est dans le pré*, prêtes à se taper le premier bouffon venu pour un mètre carré de sécurité. Puis aussi les perdantes qui racolent sur les sites de rencontres et témoignent à la télé, les parfois pas toutes jeunes, la peau repassée, leur vie ingrate de désillusions, les prêtes à s'offrir pour une caresse. C'est nul, ces épidermes de femmes vieillissantes qui brillent sous la mauvaise lumière de photos sans charme, ce coup de Photoshop qu'elles mettent pour camoufler l'irréversible ride du lion avant de poster l'arnaque sur leur profil.

Les cougars on les appelle, les folles de la jungle, plaquées par Roger parti avec Samantha un soir de cuite et de fellation. Elles sont là parmi leurs reproductions de Hopper à regarder le néant, bousillées par la comptabilité, le temps désobligeant, les mômes tarés ou passés dans la cuvette des chiottes et la cellulite sur le cul. Pas une pour aller à la bibliothèque ou se taper un curé. Non, elles veulent du beau gosse téléréalité et une bonne queue histoire d'être encore plus mal et de pleurer le lendemain sur le cocktail de trop et le strip-tease devant les potes du jeune con. Le soir elles portent des loups pour se cacher dans des soirées prohibées que tout le monde montrera sur les réseaux sociaux le lendemain.

Je préfère encore finir petit pois dans une boîte de conserve.

On ne naît pas gang, on le devient. Un jour ou plutôt un soir, à ce moment entre chien et loup, on réalise qu'on est plus forts ensemble. Au départ c'est toujours pour le fric, ce fric pour lequel on refuse de s'abîmer les mains et de rôtir des cheeseburgers sous la cravache d'un vendu. D'autres larbins s'en chargent. La quête on la fait à notre façon, la dissuasive qui se loge entre quatre yeux. Regarder de la bonne manière c'est déjà gagner.

Au commencement, y a pas d'idéologie ou de revendication, ni même le plaisir de faire du mal. Y a juste une progression dans l'épouvante, et elle n'est pas inscrite dans une charte du gang ni gravée sur une tablette de l'anti-loi. Ce qu'on cherche c'est la violence de la cour de l'école qui nous a foutus dehors, mais là y a pas de pion pour nous recadrer, pas de stratégie, et notre jeu ne répond à aucune règle. La règle c'est l'instinct et comment le déplacer sur les cases de notre avenue fétiche. La tête de Turc à fric on la repère vite, pas besoin de sortir de Saint-Cyr, on a un sixième sens pour ça et toutes nos antennes se mettent en alerte au moindre mocassin à glands ciré par maman. Faut pas se faire repérer tout de suite, faut garder le sourire et la sympathie pour que l'autre vous accorde sa confiance avant sa montre de joaillier. Les gens ne sont pas dupes, ils matent la télé et c'est pas les lourdingues aux rictus criminels qui auront droit à la veuve-clicquot. La complicité, voilà ce qu'il faut susciter, ou mieux encore la connivence.

Je n'ai jamais compris ce délire des gens bien nés à vouloir s'encanailler auprès de ceux qui sont nés dans les chiottes. Toujours est-il que le nanti qui aime se la jouer Clyde Barrow est un phénomène répandu. Le cinéma américain a tissé sa vertueuse toile d'anti-héros qui braquent les banques pour redistribuer aux va-nu-pieds. Sauf qu'on n'a rien de Robin des Bois et qu'on a lu l'abécédaire du grand fauve qui croque l'antilope pour assurer sa survie.

Oui, voilà ce que nous sommes, de grands fauves qui se gavent d'ultraviolence pour encaisser l'ineptie d'un monde fabriqué sans notre avis.

Ensemble, nous squattons la rubrique des chiens écrasés avec des sourires en cran d'arrêt. Parfois, la télé débarque et les voitures s'embrasent. Le monde se met à flipper, range son magot sous le matelas. Il a bien raison.

C'est ça un gang, inspirer la crainte en tapant sur l'épaule.

Déjà quatre mois d'isolement. Je tiens le coup et je ne vire pas cinglée grâce aux séances avec le Dr Neveu qui s'accélèrent ces derniers temps.

Toujours ponctuées par ses injonctions, elles me laissent plantée sur mes silences. Rien que lui et moi séparés par une tranchée métallique et pas une mouche pour venir perturber le face-à-face. Il ne prend pas de notes, il ne fait pas de sieste et y a pas d'interrogation écrite dans son regard. Tandis que j'attrape le ver solitaire sur ma chaise, il reste immobile et attend. J'ai l'impression d'être au volant d'une bagnole sur une autoroute où y aura jamais un platane pour en finir.

Il a fallu une bonne dizaine de tête-à-tête avant que des mots franchissent mes lèvres et disent ma capitulation. Enfin, un vague sourire pour éclairer la froideur de ses traits. Je lui ai dit que je rêvais de lui, c'est la première chose que j'ai formulée. J'ai besoin de rêver.

Je me mets à chialer. Il me tend un Kleenex. La séance est terminée. Je n'ai rien à payer. J'attends de le voir, c'est ma seule compagnie dans cet enfer. Plus personne après ce que j'ai fait au dirlo. Il me fournit un nouveau stylo et quelques feuilles d'un papier pas blanc, le recyclé.

« Écrivez. »

Séance terminée.

Décidément, il est accro à l'impératif mais pour lui je le fais et je ne moufte pas. Le soir, à l'abri du chaos, quand les clés ont fait leur tour dans les serrures et que les hurlements sont camisolés par les somnifères, je sors la pioche et je déterre le vampire. Telle une mourante qui n'a plus que quelques jours avant de cramer, je carbure sur la page blanche, gribouille mes merdes et m'arrache les cheveux. Il est dans mes nuits. Ce ne sont pas des fantasmes de cul, plutôt des sensations imprévues et nouvelles, des bras. Ses baisers sont peu appuyés. Je suis une enfant, à nouveau. Et j'aime ça.

À chaque nouvelle séance je lui refourgue mes feuilles. Attentivement, il en décortique les fragments. Au fil des rencontres son regard se fait moins dur. Je lui parle d'un livre que j'ai lu en préventive : *L'Amant* de Marguerite Duras. Et je lui dis que ce bouquin ce n'est pas moi qui l'ai attrapé sur la bibliothèque, que c'est lui qui m'a capturée. Que ce livre m'était destiné et qu'il y avait à l'intérieur une révélation exaltante, que moi aussi je voulais être découverte comme ça par un homme. Un jour je craque, vraiment. Je me mets debout, il me laisse faire les cent pas. Mes cheveux sont attachés, je me sens propre.

« Je ne suis pas une bête même si j'ai mordu. »

Nous en restons là. Peu après il m'offre ce roman, *L'Amant*. Un exemplaire tout neuf qu'aucune main n'a sali. Il a compris qu'en embarquant sur la jonque de Marguerite, c'était mon fleuve que je cherchais. Y a rien à jeter dans les mots de Marguerite. On part avec eux.

À l'intérieur du livre, y a un marque-page pile-poil sur un passage qui me fait chialer quand je le relis en solo une fois que la garde-chiourme a baissé l'œilleton : *Je lui dis de venir, qu'il doit recommencer à me prendre. Il vient, il sent bon la cigarette anglaise, le parfum cher, il sent le miel, à force sa peau a pris l'odeur de la soie. Il est désirable. Je lui dis ce désir de lui. Il me dit d'attendre encore. Il me parle, il dit qu'il a su tout de suite, dès la première traversée du fleuve, que je serais ainsi après mon premier amant, que j'aimerais l'amour, il dit qu'il sait déjà que lui je le tromperai et aussi que je tromperai tous les hommes avec qui je serai.*

Frissons. Dr Neveu il a su tout de suite, lui aussi.

Les canalisations du chauffage ont lâché pour de bon et y aura pas de plombier sexy pour réchauffer l'atmosphère. Comme par hasard, les cellules les plus congelées sont celles du trou. Je m'emmitoufle dans les guenilles de la taule et je pars à la conquête de ma grande époque. Celle de la majorité sans le permis.

J'ai dix-huit ans. « Les vacances, c'est dans la tête. » Le gang prend de l'ampleur, on va de plus en plus loin. On est sur les Champs-Élysées. Je suis sapée comme une vedette, ça siffle sec sur mon passage. J'ai l'impression d'être dans une pub et qu'un hélico m'attend place de la Concorde. Partir. Esba est ultra-violent, j'adore. La haine lui fait des yeux incroyables, on dirait un prophète. On va dans des boîtes de nuit et on fait les poches pendant que le mec me mate, happé par l'écran géant de ma beauté. Les tournées s'enchaînent, on boit à ne plus être bourré. On sniffe. Je ne suis jamais cassée, toujours stoïque au milieu du chaos, une sorte de madone qui s'enverrait en l'air avec la folie. Je ne dis jamais non. Je dis oui à tout. Je suce comme une pro, les mecs en redemandent, j'ai des billets entre les seins et des talons aiguilles à faire craquer tous les dressings. Mes escarpins, on les entrepose dans une cave. Quand j'ouvre la porte et que je les vois, je me dis que les danseuses du Crazy Horse se désaperaient en rang d'oignons sur une marche militaire pour avoir les mêmes. Ces pompes alignées sont ma première maison de poupée et je suis prête à tout pour que personne n'y touche.

À force de soirées parisiennes, j'aiguise mon sens de l'observation et ce que je perçois à l'intérieur des gens m'angoisse. Je ressens ce qu'ils contiennent et l'aigreur qui s'enracine derrière la sympathie de façade. Rien ne me semble plus absurde que la Gomina derrière laquelle ils s'abritent pour vivre ensemble quand ils se pensent à l'abri de mes regards.

Du coup je ris moins qu'avant et l'herbe ne fonctionne plus aussi bien. Je suis actionnée par plus fort que moi, par le goût du risque, par la peur dans les yeux des mecs quand la lame d'Esba se pose sur leur pomme d'Adam. Ça sent la pisse, la merde, ils se font dessus face à ce regard qu'aucun argent ne saurait corrompre. Il ne fixe que moi, Esba, il m'aime mais il n'arrive pas à me le dire. Je ne l'aide pas à sortir sa prose, ce n'est pas mon genre mais de savoir qu'il est là et que ses yeux sont une dédicace obstinée sur ma nuque, ça me donne envie de lâcher mon bataillon de talons aiguilles à exorbiter tous les enfoirés. Un autre type s'est joint à nous, Woillem, il refourgue la came et soutient l'équipe de foot d'Algérie. Il lui manque des dents dans le fond. Il n'ose pas me parler, il a sûrement raison.

Plus que jamais j'aime les Champs et toutes ces boutiques qui n'attendent que nos mains, ces robes incroyables prêtes à épouser les audaces de mes courbes. De bas en haut c'est beau et mystérieux les Champs, hanté par les vampires, promesse d'un monde fait de feux qui ne s'éteindront jamais. Là-bas, tout le monde se file rancard : du Teuton écolo en Birkenstock à la fausse diva italienne vulgaire teinte en blonde en passant par l'émir du Qatar qui se déchire à la vodka-Red Bull.

Ça reluque, ça pleure, ça titube, ça s'égaye, ça oublie, ça dépense et ça fuit. La fête foraine bat son plein sur l'avenue et les monstres payent à défaut d'être payés. Nous, on ne paye rien, pas question de donner un euro de plus à un mollah plein aux as qui fait des génuflexions de faux cul face à La Mecque et pose un abat-jour sur la tête de sa meuf. Tout ça pour finir par se la jouer pacha avec une pogne velue dans le push-up de Svetlana tandis que sa femme-spectre s'empiffre sur le plumard d'une chambre climatisée. Non, eux on les ratiboise et pour eux je fais quelques efforts d'articulation en inventant ma fameuse bouche en cul de poule. Ils fondent, me prennent pour une soumise, attendent mes petits cris de jouissance comme le pétrole de leurs puits. Je mime trop bien, une vraie môme Marceau. Ils foutent le cash dans mon string tout en me fourrant leurs gros doigts dégueulasses où ils peuvent. Je continue à sourire. Une place au soleil, ça n'a pas de prix.

Au petit matin, je rentre défardée et les poches pleines à craquer. Le fric, je ne sais plus quoi en faire mais je ne donne rien à mes parents, pas de radeau pour les noyés. Les efforts, c'est moi, moi, moi, MOI, MOI. Je ne me lave pas après. Tout ce foutre, ces mains en balade, ça ne me salit même pas. Rien ne m'atteint, je suis une odyssée de l'espèce à moi seule. En quête d'un soleil rouge, en quête de ce poème, vous savez, *Ma vie.* J'avais treize ans et j'ai compris que la vérité était ailleurs. Je sais, c'est nase, c'est une phrase de feuilleton mais c'est tout ce qui me vient : *Tu t'en vas sans moi, ma vie/Tu roules/Et moi j'attends encore de faire un pas/Tu portes ailleurs la bataille.*

Je me réveille vers quatorze heures très à la cool. Je glande et me fais un petit rail pour me remettre les idées en place. Je parle seule devant la télé, à la maison tout le monde dort assis. Ma mère picole sec, elle a sa tête d'avant mais en pire. Elle ne pose plus de questions, résignée face à cette nouvelle vie qui roule devant elle sans qu'elle puisse rien y faire. Je prends un bain, je me caresse un peu, je n'aime rien. J'applique du « Touche éclat » sur mes cernes, je suis encore jeune et c'est beau sur moi, ça fait mystérieux. J'aime aussi le lait pour le corps senteur Vahiné. Tu parles, je ne suis jamais partie. « Les vacances, c'est dans la tête. » Les Champs sont ma forêt boréale. Personne ne pleure, là ? Merci, je n'aime pas qu'on chiale, je ne suis pas à plaindre, j'ai vu un mec mourir dans une cave et je n'en ai rien eu à foutre.

Je n'irai jamais à New York. Jamais je n'entendrai les sirènes et les bruits des films. Jamais un type bien sapé ne me promettra un baisemain ou un loft à Manhattan avec vue sur le krach boursier. Je suis née du mauvais côté, là où rien ne passe, pas même la police. Ce n'est pas un cliché, c'est la vérité. On ne s'en sortira pas, ils auront beau faire leurs lois les unes sur les autres, aucune ne viendra perturber la détermination de la tragédie. J'ai appris dans l'école d'une République qui s'est foutue de ma gueule qu'il n'y avait parmi mes profs de français pas la moindre

Marie-Chantal. Rien que des vieux dépressifs incapables d'aligner Molière et quelques illuminés par la vocation qui s'imaginent en nous promenant en laisse dans les musées que la culture va nous flanquer à genoux. Mais ils seront rongés par le temps avant qu'on dise amen à leurs statues. Le dépressif sort son couplet : un artiste, ça ne crée pas la beauté mais ça enlève ce qui empêche de la voir. Ici, c'est l'espoir qu'on nous a enlevé. Ici, l'espoir est pensé pour les décorations des vitrines, pas pour les palettes de peintre.

À quinze heures, ça repart, je me sape en tenue de ville. Avec Esba on arpente les hôtels à fric pour prendre un café. Autour d'un macaron aux amandes, on se demande quel con pourra faire l'affaire. Trop typé, trop flippé, trop marié, trop bronzé. Il faut un peu d'abandon dans les yeux, savoir discerner ça, cette faiblesse qui différencie le loser du requin. Y en a plein, les hôtels sont pétris de culpabilité, de désillusions et de week-ends pour repartir de zéro alors que tout est fini. Les gens aiment faire durer leurs vies minables, leurs oreillers de fausses joies.

En voilà un. Les pompes et le cerveau bien cirés. Une mélancolie dans la façon de tenir son verre, on sent qu'il peut dévier du droit chemin, sortir les liasses pour pas grand-chose. Ni jeune, ni vieux, ni beau, ni laid. Des responsabilités dans la finance, un divorce sur le dos. La photo de sa femme est déprimante. Fausse blonde même pas classe sur la longue plage monotone de La Baule. Le cadrage n'est pas bon, seul le mouvement du vent dans ses cheveux suggère un rêve de tendresse éculée. « Nous nous sommes aimés », me confie-t-il tandis que sa main maladroite effleure dangereusement mon bas résille. Esba me fait un clin d'œil ; il est dans un trip mystique en ce moment. « Au nom d'Allah, on va y arriver », c'est sa nouvelle phrase.

Dans le creux de l'oreille, le type me marmonne son prénom : David.

Ça claque du mauvais côté de mon cœur. Un autre David, il y a déjà longtemps, m'a fait dériver. Le goût de miel m'est resté, empreinte d'un sentiment avorté. Je me venge en lui mordant la lippe. Il sourit, dit aimer ça. Sans équivoque le maso. Je lui parle de mes soucis d'argent ; c'est duraille.

Pour mes jérémiades et trois ou quatre coups de langue sur les lèvres, je récolte deux cents euros. Combien quand j'aurai enlevé ma culotte ? Son pauvre sourire me fait pitié. Je n'irai pas plus loin, n'en déplaise à mon illuminé de pote qui me décoche des œillades encourageantes. Le David, je lui laisse un numéro bidon tout en réussissant à lui gratter cent euros de plus.

David, en souvenir du prénom, je ne te ferai pas le grand numéro de la garce qui dévalise. Rentre supplier ta blonde et tes mioches ingrats qui te feront crever à l'hospice. Rentre payer ton crédit pour ton trois pièces-cuisine avec balcon dans ta banlieue UMP dont le maire ripou n'ira jamais en taule. Une autre t'attend au tournant de la déroute. Ce ne sera pas moi. Adieu mec.

Les soirées se traînent, rythmées par mes déambulations lascives dans les boîtes. Chaque soir j'accélère le pas et poursuis les lumières de la grande avenue pour rejoindre au plus vite la faune de la nuit. Sanglée dans une robe provocante, sans manteau ni protection, j'ai l'air d'une furie. Pourtant ça va mal, je me sens fébrile et il faut que je danse. Qu'importe la musique, je veux tourner et que les lanières de ma robe se détachent. Que les secousses de mes escarpins sur la piste de danse brisent le caillou douloureux dans ma poitrine même si j'en ai ras le bol de cette insomnie ininterrompue. Envie d'autre chose : une grande auto rouge sans conducteur pour rouler jusqu'à la mer, une cape noire hermétique à la laideur pour survoler toutes ces nanas perchées sur leurs talons qui picolent à vomir leurs prénoms. Ma vie est immergée dans une boule à facettes autour de laquelle un mauvais plaisantin aurait éteint toutes les lumières. Quand je demande Kurt Cobain au DJ, on dirait que je parle mandarin. Ses prunelles aux pupilles éclatées me fixent et il retourne à son mix. Le boum boum boum reprend ses droits. Les DJ, ça ne cause pas.

Esba a braqué un mec dans les chiottes, encore un bien sapé, le cheveu tendance huile de vidange. Une caricature de séduction masculine qui attrape la gueuse à coups de whisky-Coke et d'embruns de Normandie. Le mec qui a des thunes à ne plus savoir qu'en faire et qui est chaud comme la braise quand il sort faire le beau. Du genre qui de Deauville prend racine au Trocadéro et qui du Trocadéro débarque au VIP pour dilapider la fortune familiale en terminant tranquillement l'école de commerce qui lui permettra de moderniser le business de papa. Une implacable logique de la réussite suinte des pores de sa peau à peine sortie de l'acné. Ça c'est le côté masculin. Quant à ses copines, elles tanguent entre la soumission de maman et leurs velléités d'artistes de fête foraine. On leur rit au nez et on les doigte, elles ne valent pas plus.

Silencieusement, le jour émerge sur la plus belle avenue du monde. Nos poches sont pleines et nos sourires vides. Demain recommencera comme aujourd'hui. C'est fou ce qu'on peut s'emmerder. Comment inverser la perspective ? Qu'est-ce qui nous manque ?

Esba sort son dentier de vampire. « Le sang, il nous manque le sang. »

Je rigole jaune, il n'a pas l'air de plaisanter le pote. Derrière nous, Woillem compte les dollars de son trafic pour camés. Les bourges sont de bons clients. On ne s'en fout pas.

J'ai lu cette phrase l'autre jour dans la présentation d'une pièce de théâtre qu'un blaireau friqué et cultivé voulait me faire découvrir en échange de quelques baisers lascifs au-dessous de la ceinture. Ça vient d'une pièce de théâtre allemande : *Baal*. J'ai aimé, on aurait dit qu'elle avait été écrite pour nous. Esba et moi. J'ai fait cadeau de cent euros au blaireau rien que pour cette phrase. *Si fatigué soit Baal, Baal ne sombre jamais : Baal emmène son ciel avec lui vers en bas*. Le mec, c'est Brecht.

Merci l'Allemagne.

Je suis sortie de l'isolement. Comprenez : ils vont me libérer sous peu, je suis trop jeune pour racornir en prison, il semblerait. Ce n'est pas mon dirlo – celui de la prison – qui me dira le contraire. En attendant, c'est lui qui paye l'addition. Bien fait. Il faut toujours payer pour ses faiblesses. La vie c'est du bluff, mieux vaut garder les lunettes noires et ne rien laisser voir.

Je suis revenue en cellule avec les filles pour les six derniers mois de taule qui me restent à faire. J'ai appris ça l'autre jour : la fin de mon incarcération, de mon lavage de cerveau pour mauvaise conduite. La famille de la victime est scandalisée. Pas moi. J'ai juste vu. Et encore, vu, c'est vite dit. Je m'en allais faire du shopping, j'achetais des valises entières de trucs vaporeux à faire triquer David Beckham puis je rentrais et je voyais l'autre supplicié qui implorait la clémence sur sa chaise. Qu'est-ce qu'il pouvait chlinguer. Après son regard de poney fou j'allais gerber. Peur de la peur.

Oui, j'ai le droit de refaire ma vie. J'ai vingt-trois ans et quelques poussières, j'ai même le droit de la commencer. Vous croyez quoi ? Que je vais devenir

Charlize Theron et me taper George Clooney ? J'ai pris un coup en prison, quelque chose en moi s'est tiré sans espoir de retour. J'évite mes yeux dans la glace. Ce n'est pas de la honte, non. C'est la fuite de la jeunesse, du n'importe quoi, de l'insouciance à tout prix et la phobie de retrouver la sensation des menottes sur mes poignets. Pendant des semaines, j'ai eu des marques. Et aussi la lumière de l'interrogatoire, des heures durant la cuisine de mon esprit à en raconter plus que je n'en avais fait. Des aveux sous contrainte. Oui, j'ai maté sans dénoncer la torture. Oui, j'ai ri parfois aux longues tirades de désespoir de celui qui crevait sous les coups d'Esba. Oui, c'est dégueulasse. Non, rien ni personne ne pourra faire revenir ce mec de vingt-deux ans mort sous la walkyrie de la haine. La mienne, celle des miens, celle de tous ces gens qui crèvent d'ennui dans des endroits à la lisière de nulle part et qui réclament leur part du gâteau tout en sachant qu'on leur foutra tôt ou tard la porte dans la gueule. Y a plus qu'à prendre sans demander et se tirer. Ne pas laisser de traces.

Dur d'écrire avec les copines de cellule. Pourtant, j'ai aimé ces retrouvailles avec les filles après six mois d'isolement à faire profil bas. Tout ça à cause du coup de chaud du dirlo qu'avait plaqué son sens de la loi en même temps qu'il me la fourrait. Je sens déjà l'herbe sous ma voute plantaire, les arbres déracinés de ma ville. Je l'aime, ma ville. Elle est moche mais qu'est-ce qu'elle peut y faire ? Elle ne finira pas bien, elle crèvera brûlée vive avec à l'intérieur des millions de gens trop défoncés pour se révolter. Une ville du futur endeuillée de son croissant de lune. Sera-t-elle le lieu où je recommencerai ?

Ne pleurez pas, je ne suis pas une coccinelle en toge. Parce qu'il faisait soif et qu'il fallait bien crever les poches de gris, j'ai appris encore un peu plus la littérature. J'aime ça, j'ai toujours aimé ça, lire. J'espère que ça ne me grillera pas trop dans la cité. Je ne veux pas qu'on pense que je suis de la haute, mais il faut que je la finisse, cette putain d'histoire.

Décidément, j'aime de plus en plus les poèmes. *Je veux une vie en forme d'arête/Sur une assiette bleue.* Ce n'est pas de moi, mais de Boris Vian et ça assure, *Je veux une vie en forme de chose/Au fond d'un machin tout seul.* Moi, je n'arrive pas encore à écrire ça. *Je veux une vie en forme de toi/Et je l'ai mais ça ne me suffit pas encore/Je ne suis jamais content.* J'ai trop peur de faire mal aux mots.

J'ai dix-neuf ans. L'année du film d'horreur. Comme à l'accoutumée, nous sortons la nuit protégés par nos armures logotypées, toutes incisives dehors. Dans notre bolide allemand nous avançons dans le labyrinthe de la cité. Des sifflets fusent. Esba sort sa main par la fenêtre et brandit le majeur, incontestable. Les sifflets cessent et laissent place à une haie d'honneur mutique. À présent nous sommes quatre : Esba, moi, Woillem et Éric, un nouveau venu. Camouflé derrière ses cheveux de paille et ses manières de malabar, Éric est redoutable. La cruauté est tapie à l'intérieur de lui. Une bête sans dompteur pour la retenir. Il peut frapper jusqu'au soulagement de la colère. Il me fout les jetons mais je la boucle.

Avec Esba ils forment un duo noir et blanc sans monteur pour couper les scènes. Ils invoquent Allah entre leurs dents et « À la grâce de Dieu » siffle comme un serpent de tragédie. Woillem compte toujours ses narcodollars et vit en fusion avec sa calculatrice. Aucun signe extérieur de richesse, il reste désespérément l'Arabe de service qui deale du shit à la sortie du bahut et repart dans un vrombissement de Mobylette.

Les maigres reproches de ma mère me parviennent en écho, de loin. Il n'y a plus rien à faire. Le poison de la vie facile s'est installé en moi. Je n'ai pas l'antidote.

Je suis de plus en plus jolie, mes cheveux affolent et le teint blafard de mes insomnies trouble plus qu'il n'éloigne. Je ne sais pas comment gérer toutes ces sollicitations et le téléphone vibre sans arrêt. Je ne réponds plus mais Esba gère mes rendez-vous, ces miettes de ponctualité que j'offre à de pauvres mecs qui se retrouveront en slip sur leur palier. Plus le temps d'avoir des remords, tout va trop vite. Entre mes réveils hébétés et mes interminables préparatifs il fait déjà nuit. Nous sommes en montée permanente, nous sommes des architectes du futur et nous abolissons les frontières entre rêve et cauchemar sur notre fleuve sacrificiel, les Champs-Élysées éternels et pétrifiés dans le soleil couchant. Personne ne se doute. Moi, téléguidée par le mal, souriante, trébuchante et dénuée d'affects. Lui, noir et prophétique, la taille prise dans des costumes hors de prix. Rien ne peut plus nous arriver, nous sommes invincibles. Éternellement, nous arpenterons la nuit qui nous distribuera avec largesse ses dividendes.

Mais venons-en aux faits. À celui qui payera pour tous les autres. Pour les dandys défoncés qui paradent avec leur cynisme sur les culs de lianes anorexiques qu'ils dégagent une fois la lumière rallumée. Pour les carnivores qui te font le coup de la panne dans le coupé sport et évitent leur quartier tellement ils flippent d'être pris en filature par un sbire de la légitime. Tous ces apprentis baiseurs qui te toisent comme si tu leur avais jeté un sort alors que ça fait un bail qu'ils sont à la colle avec une sorcière.

Avec les filles de la cellule je papote manucure, histoire d'avoir les mains nickel pour le grand jour. Je me fais les ongles et ça sent bon la liberté. Je m'applique pour retrouver le cérémonial du geste, un peu de cette féminité de surface après ces longs mois d'isolement face à des murs qu'aucun cri n'a pu vaincre. Les filles se marrent pour un oui pour un non, il y a du champagne dans l'air. Beaucoup d'entre elles sortiront prochainement mais pour retrouver quoi ? Partout je lis l'inquiétude, la difficulté de se reconstruire après les coups de bottes. Elles sont rares à s'exprimer poliment et sur leur palais les mots naviguent en souffrance ou s'éjectent, déformés et privés de leur sens.

Je les aime bien les filles. J'ai promis des visites au parloir dans les mois qui suivront ma sortie, des mignonnettes de vodka et du gel douche Sephora. Je ne sais pas si je tiendrai parole. Je dis ça pour mettre un peu de soleil. En dépit de cette lose puante, et de cet avenir cristallisé dans le manque de fric, elles sont nombreuses à être amoureuses, à frémir pour un bad boy la boule à zéro avec grosses baskets qui font le pas de danse. Elles aiment leurs tatouages, leurs muscles de pauvres, la barrette de shit dans la poche du jean, leurs regards par en dessous parce que fixer c'est avouer. Elles n'ont jamais entendu un truc doux et y a pas de cœur en cristal suspendu à leur cou. Elles espèrent mais pas le droit de l'ouvrir là-dessus. En secret, elles m'admirent, me demandent des conseils pour se faire aimer de leurs sales types.

Je n'ai pas grand-chose à dire, c'est plus facile de se la jouer ombrageuse quand on s'en tape. Je fais de mon mieux, je leur dis de ne pas tout accepter, que la serpillière ne fait pas la meuf et elles éclatent de rire, j'adore. Elles repartent gonflées à bloc, mini-reines du MLF le temps d'une colère. Je sais laquelle crèvera bientôt, trop fragile, trop défoncée. Son marmot ne changera rien à son désespoir. Cindy, elle s'appelle. REST IN PEACE.

Stone à l'ennui, j'écoute la pluie. Ce soir-là, c'est calme et toutes les filles pioncent. Je pense à David. Ça me rend sentimentale la pluie. Les feuilles d'automne, les coups de talon pour les écrabouiller, puis tous les trucs des poètes qui kiffent la gadoue, racontent leurs vies, leurs amours pour des femmes lointaines et impossibles. C'est ça le romantisme : ne pas obtenir ce qu'on veut et pleurer. Une longue lamentation et le vide pour réponse.

J'aimerais sentir la pluie sur mes cheveux puis les saisir, les tordre et que le froid des gouttes qui s'infiltre dans ma nuque bouscule les étoiles tatouées un jour de cuite. Faut pas trop boire, les filles, sinon on peut se faire tatouer des étoiles un soir d'amour fou.

David, je l'ai revu bien des années après, en boîte. Mes yeux se sont jetés sur les siens, rien n'était fini. Le sang a coulé tandis que je souriais pour dire bonjour. Une maigre grimace de fille qui n'a pas oublié. J'ai repensé au miel, à sa bouche, à ses doigts qui fouillaient ma chatte. À ce halètement. On fait comme on peut.

Ma référence, c'est David. Y aura jamais mieux,

y aura plus jamais mon cœur qui s'emballe comme une toupie folle. Y aura plus jamais un arbre aussi vert au-dessus de ma tête. Ce soir-là il danse, il fait semblant. Si bien. Je pars aux chiottes gerber mon reste de désespoir et planquer sous le Rimmel ma tristesse de petite fille. Il m'envoie un baiser du bout des doigts. Le cadeau du roi à sa mendiante trop fière pour mendier. Je lui expédie un doigt d'honneur. J'ai toujours été mal élevée.

On s'en fout.

Revenons-en à la cible. Celui qui va prendre cher. Fallait pas qu'il passe sur notre route, celui-là. Les parpaings c'est notre business, on les pose où on veut et comme on veut. On s'en fout de 68, nous, on est des prolos des tours, des météorites explosées par le vide. On lit un peu, parfois beaucoup, mais ça ne monte pas là où ça devrait monter. Ça reste dans les racines, là où seul le mal peut s'infiltrer de façon durable : le cœur.

On va rire et nous haïr. Nous, on l'a buté parce qu'on avait du cœur. Dans l'impasse du futur, nous revêtons nos habits de beaux gosses pour démontrer que notre violence est plus belle que l'indifférence. Nous ne sommes pas des bêtes, ni même des monstres. Nous sommes le fruit des entrailles du déni.

Il est passé là, devant, la mèche à claques, billets *in the pocket*. Le sourire j'aime la vie. Je m'amuse, je suis étudiant et mon avenir est tracé sur des rails que vous n'emprunterez pas. Mon père est dans la pub, ma mère bulle à la maison et j'ai déjà du bide car je suis bien nourri.

Montée de haine. J'ai repéré la flambée de dégoût

dans les yeux d'Esba. Celui-là, il était cuit, il allait payer pour les autres. Faut toujours payer l'addition. Irrémédiable.

La suite : la cave, les coups portés pour faire le mal, la malédiction de nos poings maudits sur sa gueule de nanti. La suite : la torture, mon téton dans sa bouche et ses larmes sur mon sein. La suite : affamer le cafard, la bête immonde. Son téléphone vibrait *Maman* en lettres d'or. On a ri des larmes de la pauvre folle hébétée de douleur. On a ri de la pisse sur le pantalon bien repassé. Pétage de plombs collectif, impossible d'arrêter. Le bras levé, nous avons endossé la chemise brune d'une intifada prêchée en boucle par les stars de l'info. Notre cri de guerre : « Au nom d'Allah. » Tu parles. Comme si on y connaissait quelque chose, nous, aux préceptes du Coran. Faire appel à Dieu, ça nous épargnait une chose : lui demander son avis. Et le citer, c'est déjà être pardonné.

Woillem compte les thunes de la dope, donne des coups de pompe et se marre en se grattant les couilles. Éric le taré aux cheveux de paille baise une meuf encore plus cinglée devant le bourge avec sa tête en vrac. Les hurlements d'avant l'agonie qui te pulvérisent les oreilles d'effroi. Sur écran géant en direct : la merde, la peur, l'horreur. Quand je ne pouvais plus supporter la vue du sang, je me barrais. Infirmière, ça n'a jamais été ma came mais reine des lâches au pays des enculés, ça oui. Lâche car incapable de planter une lame dans le dos de mes potes. Lâche car le supplicié c'était lui et pas nous. Allah ne pouvait pas nous juger et nous étions à l'abri dans les catacombes d'un monde parallèle, là où plus personne ne vient quand le non-droit est le droit. Pour le calvaire du bourge ils ont mis du cœur à l'ouvrage, jouissant sur sa tronche ensanglantée, le bafouant de leurs crachats d'enfance et lui faisant bouffer toutes les étoiles de sa vie rêvée. Fallait que ses yeux deviennent deux fentes et que plus rien ne puisse s'y lire. Un regard, ça peut tout faire capoter. Mais aucun n'a baissé les yeux et notre vengeance a été notre Ku Klux Klan à l'envers.

Ça a duré des jours entiers et plus ça allait, plus sa chair se décomposait avec des relents d'entrailles pourries. Le meilleur film d'épouvante jamais réalisé battant à plate couture les blockbusters. Sauf que là, c'était vrai. Sauf qu'y avait pas Luc Besson pour couper la scène où ça dérape. Sauf qu'au générique de fin, y a eu que nos pauvres noms de métèques infoutus de devenir des stars. Rien que des gosses enragés nés au mauvais endroit qui ont tiré la carte du religieux comme alibi de leur misère et ont tout mélangé dans le mixeur de la haine. Mauvais casting.

Après les tortures, j'ai bu tout ce que j'ai trouvé, clocharde en nuisette de luxe. J'ai baisé avec les pires racailles jusqu'à la lie de la raison, les laissant manœuvrer les fils de mon corps de chiffon, incapable de ressentir ce qui s'introduisait en moi. J'ai acheté des robes à paillettes bonnes pour le tapin que j'essayais devant les garçons en braillant « Nique ta race ». Pour faire une pause quand l'autre hurlait à la mort, Esba me baisait le front et je me sentais purifiée de la lèpre intérieure.

J'ai menti à la rue, à la vie, aux arbres et aux tours qui nous encerclaient. J'ai laissé un mec crever tout seul dans l'abattoir de béton au nom de rien.

Esba, mon Esba à la peau de toujours, jamais je ne t'en voudrai, je connais les sédiments de ta douleur et les belles couleurs qui s'y sont déposées avant que tu te transformes en super-héros du néant. Je connais tes chansons, ta voix chaude et embrumée venue d'ailleurs. Ta voix oubliée de tous. Je connais ta main dans la mienne et ta révérence de marabout devant ma beauté. Je t'absous à tout jamais.

Puis le bourge est mort. Plus rien, plus un souffle n'est sorti de lui. Pantin désarticulé aux membres fracassés et soumis, un sourire de joker pour la récompense. Le festin était terminé. Il gisait là, devant nous, incroyablement humain, incroyablement seul.

J'ai pleuré sur mes escarpins et les sirènes ont retenti.

Il faut toujours payer.

Il y a eu le bruit. Le bruit, le bruit, le bruit. Un bruit rouge. Mes collants déchirés, ma bouche ouverte prête à recevoir l'offrande de la punition, l'hostie de la honte. Esba hurlait « Au nom d'Allah, d'Allah ». Bon pour l'asile le pote.

Je lui lançais des regards, arrête mon ami, ils vont te buter. Je relevais la tête, mon rouge à lèvres filait, mes genoux râpaient le ciment sans pitié de la cave. Des gens partout avec des combinaisons pour relever les empreintes. Un flingue sur ma tempe. Et l'autre incroyablement humain, assis sur sa chaise de torture, du sang dans les yeux. Le bourge qui avait sa victoire avec son triste sourire de joker. Sa mère hurlait entre les murs : « C'est elle ! C'est elle ! Tuez-la-moi ! Il m'a envoyé un texto : J'ai rencontré une fille plus belle que toutes les frimeuses de Passy. »

Mais je ne pleure pas. Les lumières m'aveuglent et un clébard hurle dans mon oreille son envie de me rendre sourde. Autour de mes poignets d'oiseau de nuit, de l'acier, irrémédiable. Je me lève. Sur mes épaules, de grosses paluches, sans ménagement. Le bruit d'une fermeture Éclair, celle qui se referme sur le corps sans vie de ce pauvre type pour l'expédier dans le grand au-delà.

Adieu, mec.

Trois jours après l'arrestation c'est le big band. En pleine gueule, des lumières blanches. Partout des silhouettes d'hommes et de femmes avec des flingues à la ceinture. Un psychiatre, des avocats de la défense, de l'accusation, un juge d'instruction. Le barnum de la justice au grand complet. Dans la famille La Loi, je voudrais l'indulgence. Pas dormi depuis trois jours, mes cheveux suintent de peur. Les visages ont des contours flous éclaboussés par des néons. Rien à manger, que du café. Je suis prête à avouer la mort du Christ et le génocide rwandais pour dormir.

Dans le box d'à côté, Esba garde le power, je lui lance un pauvre regard de pauvre fille qui va raconter n'importe quoi pour prendre une douche. J'ai honte. Il est mort l'autre, zigouillé sur sa chaise. Y avait plus rien à en tirer. Je m'en fous, je suis trop fatiguée pour avoir des regrets. C'est pas ma faute, laissez-moi, c'est la faute à ma plastique, ce moi déconnecté de toute valeur. Fallait pas qu'il regarde ce jour-là. Il pouvait choisir le danger ou la bouffe de sa maman. Il a préféré prendre son pied. Voilà où ça l'a conduit : dix pieds sous terre.

Rien à foutre. Manger, boire, dormir et ne jamais revenir.

Je dis n'importe quoi, je charge Esba, Éric et Woillem. Mes larmes ne coulent même plus. J'ai la rétine sèche. Et puis, je vois ma mère. Elle porte sa doudoune rose. Alors, ça sort enfin, une cascade, un océan. Je revois sa main qui s'échappait de la mienne, ses chansons, ses mises en garde sans poigne et son canapé qui crève d'ennui. Elle a fait ce qu'elle a pu. Laissez-la. Son regard croise le mien. La banquise s'installe dans mes tripes, je n'ai plus rien à gerber. Ses yeux, les yeux de ma mère ce jour-là incarcérés dans les miens, je ne les souhaite à personne.

Esba m'envoie des baisers et sait que je n'assure pas. Il s'en fout mon prince noir. Plus rien à perdre, plus rien à gagner. Il finira là où n'est pas sa place : enfermé. Faut payer. Faut payer. Ça slame dans mes oreilles, les piranhas de l'aveu déclenchent la machine à culpabilité. Je crie.

— J'ai honte ! J'ai honte ! Pardon ! Pardon !

Puis je tombe dans les pommes.

Après la foire d'empoigne, je me retrouve dans une cellule et autour de moi il y a des filles. On dirait des anges avec des cernes bleuis par les emmerdes. L'une me tapote la joue, l'autre brosse mes cheveux, une autre humecte mes lèvres. Son chiffon pue. Je la repousse. Elles rient. Cellule de quatre, la préventive d'avant le procès. Fini les escapades et la robe en lamé sur le dance floor. Pour combien de temps ? Combien de temps ? Je n'en ai aucune idée. Un kaléidoscope d'images entre en guerre dans ma tête : un vague souvenir de téléfilm américain, des pénitenciers avec des bikers tatoués qui te violent dans les douches, des procès interminables et le coup de théâtre final quand l'avocat fait libérer le prévenu. Qui va me défendre ? Qui va s'occuper de moi ? Je n'ai pas d'argent, rien que des robes et des escarpins.

Tout est allé très vite. J'ai rien compris, même pas le temps de fumer une cigarette. Je vais en prendre pour un bail, le temps qu'il faut pour payer ma dette à la société. Le temps qu'il faut pour que je réalise. J'ai droit à la psy tous les jours. Elle est gentille, un peu cloche mais gentille. Je vois qu'elle ne peut pas comprendre les délires de cul hard, les fellations pour des escarpins et les mecs qu'on tue pour rien. Elle essaye d'analyser, c'est son boulot. Je parle un peu de ma mère. La doudoune rose, les confidences du RER assourdies par le roulis. Ça ne me fait ni du bien ni du mal. Juste, je parle. Avec elle, c'est facile, plus qu'avec le Dr Neveu qui pourtant me déshabillera l'âme sans que j'aie besoin de tout déballer.

Elle essaie de m'entraîner vers une réinsertion, vers un autre monde où l'on travaille de neuf heures à dix-huit heures, vers des amis que l'on retrouve le soir. La réalité, elle appelle ça. Je ne réponds rien. Qu'est-ce que vous voulez répondre à ça ? Elle doit avoir raison et moi tort vu là où je me trouve. Elle me parle d'écrire ce que je ressens, de coucher sur le papier, c'est son terme. Je voudrais lui expliquer le sens propre de coucher mais l'heure n'est pas à la rigolade. Elle veut que je demande pardon, que j'écrive une lettre à la famille du bourge. Elle évoque tout ça comme une personne avec des sentiments, un avenir, un foyer. Qu'est-ce que je peux répondre ?

Nos mondes ne se rapprocheront jamais, un cul-de-jatte ne récupère pas ses jambes. Comment expliquer à madame Je-baise-tous-les-trente-six-du-mois la cité du foutre, le présent au rabais, les perspectives qui s'arrêtent aux rails du RER et la discrimination non pas à l'embauche mais à la naissance ? Votre monde n'existe pas, madame, et il faudrait vous croire ? Je préfère me taire, exemplaire pour une fois dans l'acquiescement et la bonne conduite.

Ma mère est venue me voir. La cascade et l'océan lacrymal ont repris. Ses yeux à elle sont restés absents, comme si elle était morte et qu'elle ne le savait pas.

J'ai frissonné, senti la fin. Elle était là avec ses longs cheveux bruns usés de fils gris, avec cette doudoune rose qui n'a jamais vu la neige. Euthanasiée.

Heureusement il y a les filles. Les petits plaisirs sous le manteau, les souvenirs qui se mêlent aux caresses. On n'est pas des chiennes. Beaucoup de drogue bon marché qui t'explose le foie et le teint. Je résiste, je ne suis pas la Cendrillon de la chanson. J'étudie le français et la littérature, ça m'occupe, ça me ramène à la lecture et à toutes ces histoires de gamines dégourdies que je lisais le mercredi après-midi. Même si à l'école j'ai toujours été à côté du chauffage, ici en prison, étudier ça m'évite le conflit avec l'horloge. J'aime ces trucs-là. L'écheveau des mots pour faire des phrases qui selon ton humeur prennent des détours différents.

J'aime imaginer les romanciers à leur table en train d'inventer du soleil alors qu'il pleut des cordes. Et tous ces personnages qui montent dans des trains, qui se loupent, s'aiment puis s'oublient. Les femmes, elles écrivent autrement, je trouve. C'est moins politique, plus réel. Ça me plaît.

Mon avocat ne ressemble à rien. Fini à la pisse, il est commis d'office. J'ai appris que ce n'était pas terrible, que c'était pour les pauvres. Le ténor du barreau c'est pour Esba.

Je ne suis pas la sanguinaire mais l'allumeuse de service. Tout le monde s'en fout. Je croupirai dans l'anonymat des médiocres du crime.

Le procès pue le fiasco. Je pique du nez pendant les plaidoiries qui me sont toutes défavorables. Preuves à l'appui, elle est coupable. Bien sûr j'étais là, ce n'était pas mon hologramme. Les parents du bourge souffrent, et pourtant j'ai du mal à éprouver de l'empathie, il était tellement naïf, l'autre. Je relativise comme je peux, je détourne la tête de leur chagrin et j'essaye de ne pas m'infliger une double sanction. Y en aura assez d'une.

Je pense à ce livre que je vais retrouver ce soir, qui m'est tombé entre les mains à la bibliothèque de la taule : *L'Amant*, de Marguerite Duras. Ce même livre que le Dr Neveu m'offrira en version originale. C'est beau, c'est ailleurs, ils marchent doucement, cherchent avec leurs corps. Il y a des moustiquaires, la mousson, des fantasmes, des rizières et des tourments et une mère fauchée qu'a besoin de pognon. C'est beau, c'est se donner contre un peu de flouze mais que ça reste élégant. C'est baiser dans des draps de vent avec un étranger qui s'émancipe de son costume de tweed. On dirait une longue complainte, un truc impossible. Personne ne m'a jamais parlé comme ça, touchée comme ça. Comment ça peut exister ce genre d'amour ? Le genre d'amour qui autorise l'abandon de soi ?

Il y aurait donc des hommes quelque part dans ce monde qui ne se contenteraient pas de « Suce ma bite » ? Des hommes qui plongeraient leur regard dans l'obscurité du monde sans vulgarité ni haine ? Et puis cette robe blanche qu'on défait, celle de la jeune fille. Ou encore ce chapeau, et ces lèvres rouges et parfumées. Voilà à quoi je pense dans le box des accusés. À l'amour qui n'existe que dans les livres.

Je sors de ma torpeur, l'avocat de l'accusation s'insurge à nouveau contre les gens comme nous, capables de séquestrer, de buter. Un peu plus loin, Esba se la joue dictateur déchu. Mais donnez-lui un micro, écoutez-le. Sa haine est plus belle que votre amour. Il s'en fout. Imperturbable d'obscénité et de dignité africaine.

Je lui fais un petit sourire, je crois qu'il le voit. Il sait quel est son sort. Éric et Woillem ont des têtes de balances, eux aussi ont dénoncé le coupable. Un grand chœur de « C'est lui » pour accabler le Noir de service mal intégré dans ses baskets. Il y a longtemps que je ne la ramène plus. Je dis oui à tout, c'est plus simple. Le gardien de ma cellule me reluque. Il m'a à la bonne. Encore un gros moche qu'a envie de baiser. Je n'ai plus rien à gerber. Je voudrais juste du Shalimar. Une petite turlute si tu veux gros beauf ?

On s'en fout.

Dans dix jours je sors de taule. Y a pas moyen que je sois moche et que les quolibets fusent dans mon dos. Je fais des pompes, des masques pour les pointes. J'ai un peu d'économies grâce à l'autre glandu de directeur. Je reprends du poil de la meuf. Le miroir me renvoie une silhouette encore avantageuse. Faut garder sa dignité. Je regarde la télé car avec les filles je ne peux pas vraiment écrire. Elles sont plus excitées que moi par ma sortie. J'ai plein de gens à aller voir pour elles, des messages à transmettre, des petits bonheurs sans lendemain.

Je dis oui à tout, une habitude décidément. J'ai chopé une allergie, des plaques partout. C'est à cause de la liberté, m'a sorti une nouvelle psychologue, encore une. Celle-là, elle n'en loupe pas une pour se couvrir de ridicule. Je ne l'écoute pas, je survole. Ça ne sert à rien, j'ai compris. Elle ne me donnera pas une nouvelle famille et ne me trouvera pas un boulot qui pue pas la baraque à frites. Faudra que je me démerde, que je dégaine le Wonderbra et que cette fois-ci les mecs regardent dans la bonne direction. J'ai demandé qu'on me trouve un appart, une piaule dans un foyer d'accueil à Paris, même un placard à balais. Finalement je ne veux plus retourner vivre dans la cité, là où les peintures des balcons s'écaillent et où les gens n'ont pas remplacé les pétards par des projets. C'est toujours pareil et moi j'ai envie de guirlandes sur le sapin de Noël.

Non, je veux Paris. Marcher à côté d'inconnus, m'émanciper du RER. Ne pas prendre le métro, tout faire à pied, bouffer des pâtes et oublier. Peut-être qu'il y aura au détour d'une rue l'amant du livre, avec une peau mate et des yeux d'avenir. Un mec qui m'offrira une robe blanche et un chapeau à voilette derrière laquelle dissimuler mes pensées. Plus envie de cul dégueulasse et de pornographes amateurs. Je veux des vraies mains, une vraie queue et une petite coupe de champagne.

Je ne veux pas devenir comme ces bourgeoises fielleuses ou ces geignardes privées d'oseille qui finissent par voter Marine Le Pen parce qu'elles ont tout perdu. Les qui viennent grossir les statistiques du trench-coat mastic et des restaurants du cœur. Des fauchées à tous les niveaux.

Je veux du champagne et de l'amour.

Le procès, le procès toujours et encore. Les indices à examiner, les circonstances atténuantes. Ça n'en finit pas. Ma psy est à la barre. Elle est sympa. À l'écouter, je ressemble à Cosette. Ma mère n'est pas là, heureusement. La pauvre, indigne une fois de plus dans la bouche d'une professionnelle de l'âme. Je baisse la tête. Oui, c'est moi, Cosette. Je ne comprends rien à la loi, ça ne m'intéresse pas. Je suis complice de meurtre et le sang que j'ai laissé couler n'irriguera plus jamais les veines du bourge.

Les parents du mec sont dévastés et moi aussi, assise sur la même chaise depuis des plombes sans pouvoir pisser, bête de foire sans disgrâce apparente. L'âme sombre, vénale et cruelle. Je souris à la psy. Elle ne répond pas. Ce n'est pas ma copine. Bientôt le verdict. Je remue sur ma chaise. Je vais prendre cher, j'ai l'impression que je vais me trouver mal et que je ne suis pas près de revoir des pectoraux de mec. J'ai plus de larmes, l'œil sec comme ma mère. Je pue la mort, comme elle en plus jeune.

Mon avocat m'encourage du regard, il est content de lui dans sa robe noire à collerette blanche qui lui fait plus une allure d'inquisiteur que de défenseur de la veuve et de l'orphelin. J'attends les jurés, le cérémonial, la sentence. Combien ça vaut d'années d'avoir regardé un mec se faire buter après avoir fait du shopping chez Zara en fermant sa gueule ? Je n'en sais rien. C'est long, long comme ces après-midi du dimanche dans la cité à attendre que les dollars tombent du ciel. Mes mains sont moites, je transpire dans mon jogging.

Puis le chiffre : sept. Sept ans à tourner en rond.

Avec les remises de peine et le décompte de la préventive, ça fait pas tellement, j'ai appris ça. C'est parce que je suis jeune que je prends si peu. Je n'en reviens pas. Hébétée, je sens le regard de mon avocat qui se plante dans le mien. Il a bien bossé finalement pour un avocat des pauvres. Le cri de la mère du bourge me perce les tympans. Elle pleure dans le vide. Tout le monde l'entoure. « C'est une honte ! Une honte ! Rétablissez la peine de mort ! »

Et pourquoi pas le goulag pendant qu'on y est ? Je ne l'ai pas tué votre fils, j'ai vu. Je n'ai rien pu dire. Esba c'est mon ami. J'ai pas aimé, j'ai eu peur, j'ai fait n'importe quoi. Je ne suis ni fière ni honteuse. C'était comme ça, là, à un moment de ma vie, un moment de merde.

Avant les livres, avant Marguerite Duras, avant les experts qui soignent la tête et qui ne sont pas mes amis. Sept ans, disons entre quatre et cinq avec les remises, faut déjà se les farcir. Sans personne qui vient te voir. J'ai vingt ans, je devrais danser en boîte de nuit et boire des shots de vodka.

J'ai rien fait, j'ai regardé.

J'ai vingt et un ans. Le procès est plié, le verdict rendu et niveau occupation, que dalle. Année de l'effroi, une longue syncope. Le survêtement, les taffes sur les pétards, les filles qui gémissent sur leurs mômes. Putain de désespoir. Rien à faire, rien à dire, ça vaut pas trois lignes de s'emmerder autant. Je n'ai pas encore le goût sincère des livres, ni accès à leur compréhension, ça s'avance doucement mais ça prend du temps à apprivoiser.

Ah, si, une anecdote croustillante : rapprochement dangereux avec le gardien de prison. On parle pendant les pauses. Il me raconte sa vie, son non-choix : ce métier. Il porte des chemisettes trop petites sur son ventre trop gros et des pantalons qui moulent ses fesses flasques. Il a un beau regard parfois, celui du type perdu qu'a loupé sa vie. Moi je pense aux avantages pour moi et les copines, aux petites bouteilles d'alcool, au gel douche à la pomme. Ras le bol du savon de Marseille. Les filles me chambrent, j'ai une target, paraît-il. Tu parles d'une target, avant je l'aurais classé d'office mais là, les temps sont durs. Je lui fais des sourires, un petit coup de mèche devant et derrière. Je vois bien qu'il chavire. Le lundi au soleil, mec. Il me fait sortir avant les autres, pour discuter qu'il dit. Pas avec ces yeux, amigo, non, ce n'est pas ça l'amitié. Avec Esba, j'étais amie, je sais ce que c'est. Jamais il n'a osé tes yeux qui puent le cul, gros nase.

Je m'amuse un peu. Je fais encore de l'effet aux lourds malgré mon survêtement et mes cheveux ternes. Je me cambre et remonte les seins. Il n'en peut plus : « T'es ma seule alliée ici. »

Décidément, j'aurai tout entendu. Il parle de sa meuf, une déprimante avec une tête de chouette. Les mômes ont la même tronche hébétée, l'air d'oiseaux sans branches. Le pavillon, la bagnole à crédit. C'est pas possible, je rêve, je pensais que ça n'existait plus, que les gens avaient compris Cofidis et compagnie, l'association de malfaiteurs pour sans-grade.

J'écoute, j'ai pris l'habitude. Thierry, il s'appelle, le péquenaud qui vit à Disneyland. Un matin, j'en peux plus.

— Tu veux quoi ? je lui dis. C'est quoi que tu veux ? Crache ta Valda.

Gros blanc, pas l'habitude d'être enchaîné le maton.

— Je veux que tu m'embrasses, tu me mets des étoiles dans les yeux.

Je rejette mon fou rire dans le cosmos et avance mes lèvres. Il les goûte comme un grand vin. Je lui fais une liste de tout ce que je veux. Il dit oui à tout lui aussi. Il me quitte sur ces mots :

— Je suis transporté.

Je raconte ça aux filles et on se fout de sa gueule pendant au moins une heure. Elles me disent que j'assure mais, en même temps, ce n'est pas elles qui l'ont embrassé. Re-fou rire. Le lendemain, il s'enhardit, le

Thierry. Il regarde mes seins qui pointent sous mon tee-shirt choisi trop court. Il frôle l'AVC. Je saisis sa main un peu grasse, la dirige vers mon sein. Là ce ne sont plus des étoiles mais des galaxies. Il se la ferme, il a dû sentir que la guimauve ça ne passait pas le barrage de la cité. Il touche mon sein pendant trois plombes. Je ne suis pas ta mère, abruti. J'ai le droit à un panier très garni, des trucs de beauté, de la nourriture de luxe, des chocolats et une lettre d'amour : *Je t'attendrai toute ma vie, on ira vivre au bord de la mer, je t'aime.* L'espoir fait vivre.

Le lendemain :

— T'as lu ma lettre ?

— Euh, non, la bouteille de vin est tombée dessus.

— Je peux toucher l'autre sein ?

Deuxième panier garni. De plus en plus de cadeaux, des crèmes qui font la peau douce et un échantillon de Shalimar. Ça y est il est cuit. Quelques jours plus loin, je lui taille une petite pipe vite faite mal faite. Trois paniers et je suis sur l'héritage, je ne plaisante pas.

— Je vais divorcer, je suis fou de toi. Marions-nous, cassons-nous.

Non mais avec toi ? C'est une blague ! Je ris tellement que je manque m'étouffer. Il pose ma main sur son braquemart. Il me fait de la peine, parfois. Notre petit manège dans la cellule dure six mois. Il procède toujours de la même façon et envoie les filles à la douche pour qu'on soit peinards. Six mois de pipes à la va-vite et de frotti-frotta à trois sous. Puis il commence à geindre, me reproche mon manque d'émotion et de tirades à la Juliette. Les paniers se dégarnissent.

— Tu ne m'aimes pas comme moi je t'aime, il me sort.

— Je ne t'ai rien promis.

Il l'a mauvaise. Convocation illico chez le directeur. Détournement de fonctionnaire en pleine dépression familiale. Après le bourge, j'abuse.

Dans cinq jours je sors. Je n'arrive pas à le croire. Je serai dehors avec mon sac Adidas et ma robe du soir dégrisée de ses paillettes, prête à me faire bouffer par la grande ville. Le métro, la musique, les gens qui se bousculent, l'épicier au coin de la rue, les boutiques de fringues. Pas de téléphone, pas tout de suite. Rester hors du monde, le humer. Il fera beau, j'ai regardé la météo. Personne ne m'attendra mais qu'importe, je serai libre. Ils m'ont trouvé une chambre de bonne dans un foyer de réinsertion près du métro Cadet. Douze mètres carrés refaits à neuf, c'est l'assistance sociale qui paye pour une année. Le temps de voir venir. J'ai le droit à une allocation de réinsertion aussi. De quoi bouffer et aller me faire foutre.

Je n'irai pas sur les Champs. J'explorerai ailleurs, des endroits inconnus, incognito. Simplement poser mes jolies fesses et attendre que le monde s'écroule. Il le fera, le monde, s'écrouler. Nous aurons écrit, tué, aimé, vécu pour rien. Y aura pas de paradis et mes copines aux cernes bleuis ne flotteront pas dans des limbes. Non, juste un vaste pré de poussière et personne dessus pour le cultiver. Alors devant ça, j'aimerais inventer l'amour et des amants aux mains douces.

Je n'irai pas voir ma mère. Un bail qu'elle n'est pas venue. Elle titube dans les rues, paraît-il. Plus mon problème. J'y peux rien si elle a raté sa vie, elle non plus on ne lui a rien donné, elle s'est débrouillée seule et la société l'a laissée en plan. Le père s'est barré avec une jeune. C'est la dernière plaisanterie du pique-assiette. Qu'il crève, on n'a pas les mêmes cheveux, j'ai ceux de ma mère.

Le jour de ma sortie, je jouerai à l'Euro Millions. Histoire de tenter le sort. Imaginez le scoop, la taularde qui gagne des millions. Y a plus de justice. Tu m'étonnes, c'est venu progressivement, mais là c'est confirmé.

Nous sommes des décadents et voici notre irrémédiable apogée. La ville prend feu, les crédits brûlent les paumes des fauchés tandis que les ultranantis se paient des voyages dans l'espace ou investissent dans une résidence secondaire sur Mars par peur que ça pète et que des zombies affamés viennent un jour bouffer le gazon de leurs terrains de golf. Et il y a les autres, les portefeuilles bien remplis mais plus discrets qui jouent les œnologues et trinquent à coups de grands crus pendant que tu fais la queue chez Dia et que tu entasses les calories dans ton Caddie. Chez eux, y aura jamais d'obèses et les cinq fruits et légumes seront toujours au rendez-vous dans l'assiette.

Paye tes mille euros de loyer alors que tu en gagnes mille cinq cents. Non, je ne veux pas de ça. Je le sais.

J'ai vingt-deux ans. Avec les filles on organise une fête improvisée. Au programme : des petits Lu rassis, quelques joints sous-dosés et un super live de la reine du Québec. Sur le refrain de *Pour que tu m'aimes encore*, y en a pas une pour cacher ses larmes.

Troisième fois que le directeur me convoque pour faire le point, suite à la délation du gardien qui m'a collé une étiquette de garce l'ayant conduit au divorce. L'étau se resserre et la Marie-Madeleine en moi est prête à tout pour que sa remise de peine ne passe pas aux oubliettes.

Avec le directeur la discussion est d'un autre niveau. Il me pose des questions pertinentes auxquelles je réponds à côté par souci d'en dire le moins possible. Cultiver le flou, laisser à l'autre le droit à l'imaginaire. Ça le fait sourire, il n'est pas dupe, évoque sa licence de psychologie. Je sais que c'est bidon, qu'il est pareil que les autres, que son corps crie famine avec ses fantasmes inassouvis, desséché dans le devoir et la fidélité à une bigote à brushing qui gagne sa vie dans la décence. Elle est en photo sur son bureau. Quelle manie hideuse de téléfilm ! Exhiber sa vie privée en photo, se la taper sans pause du matin au soir. Le rappel à l'ordre du bonheur acquis, personne pour le contredire.

Je ne fais aucun effort de mise en beauté pour me rendre à ses consultations dans les hautes sphères pénitentiaires. J'arrive telle que je suis, désabusée et tragique, les cheveux emmêlés par des nuits de mauvais sommeil. Je déprime sec ces temps-ci. Il le perçoit, le directeur psychologue, et engage la conversation sur les loisirs. Il me confie sa passion pour le cinéma, ses regrets de ne pas avoir pu intégrer la police de terrain qui menotte les dealers dans les cités. Sa face aux traits réguliers s'empourpre à l'idée de cavalcades dans la nuit électrique, à filer le train à des gamins trop jeunes pour être punis. Une nouvelle fois, je dis oui à tout. Il apprécie la feinte. Madame sur la photo est revêche et vindicative, elle voudrait qu'il crante, qu'il passe des concours pour payer les bagouses et les vacances dans une villa du bord de mer. J'acquiesce, encore des confidences à la testostérone.

Je ne me demande même plus quelles sont les raisons de leurs lamentations ni pourquoi elles me sont destinées. Je suis l'urne de leurs travers et regrets. Avec moi, pas d'absolution, et pourtant pas un ne le comprend. Personne pour lire entre les lignes de mon mutisme aussi poli que volontaire. Le directeur ne parle que de lui. La vie des gens est toujours ce même enchaînement de maisons en kit, d'enfants mal élevés et de fins de mois difficiles. Une suite de frustrations en pavillons et de coups de reins sinistres dans des parkings avec des secrétaires à l'existence tout aussi patibulaire.

Comment font-ils pour continuer ? Où vont-ils chercher la ressource pour se lever chaque matin, débiter les mêmes conneries et recommencer le jour d'après ?

Un nuage océanique passe dans les yeux du directeur, j'y lis de l'obscénité. Une convoitise écœurante alors que je suis posée là face à lui, sale et privée d'espoir. Le syndrome du sauveur éclaire ses prunelles : je vais te sortir de là, petite. Je n'embrasse pas, monsieur. Le piège que vous croyez me tendre avec votre sourire ne fera qu'accélérer votre descente aux enfers. Et vous m'accuserez et à nouveau je serai cette femme fatale que vous regretterez d'avoir rencontrée. C'est votre ennui, l'ennui de la vie que vous avez choisie, monsieur, qui vous sera fatal. J'ose un sourire en réponse au sien. Trop facile, décidément. Mais je m'en fous.

Lors de mes longues périodes de silence, pendant que le directeur vomit son marécage de rancœurs, je regarde par la fenêtre. Une grande fenêtre aux contours nets et aux vitres plutôt propres. Son bureau au premier étage donne sur la rue et les bruits de la vie. J'engloutis les klaxons, les crissements de pneus. Des fragments de conversations me parviennent et j'en fais des monologues de feu. Ça me colle le bourdon de ne plus être parmi les gens, de ne plus entendre les discussions superflues des potes, les démarrages en trombe des bagnoles customisées et toutes les rumeurs de la ville. Je suis triste de ne plus me gaver de croissants chauds avec un espresso bien serré. Dehors me manque. C'est ma torture.

L'autre reprend sa litanie, pasteur face à sa brebis égarée qu'il évangélisera de sa bonne éducation acquise dans les bonnes écoles qui ont fait de lui ce qu'il est aujourd'hui. Vieillard au visage poupon qui s'enquille en douce deux whiskys cul sec à l'heure de l'apéro pour supporter le verbiage oiseaux de Christine – elle s'appelle Christine –, qu'il baisera avec un peu de chance sur un malentendu un lundi soir de pluie quand la télé sera en panne. J'écoute ce qu'il ne dit pas : l'étreinte moribonde de leurs brosses à dents dans la même salle de bains.

J moins quatre. Je l'écris à la craie sur le mur en vrac de la cellule. Les filles applaudissent et me déboitent l'épaule à force de paluches d'encouragement. Encore un J moins qui viendra rejoindre une cohorte de J moins maladroits et fiévreux que d'autres évadées avant moi ont espérés dans une tension qui te tord les boyaux. Ça chamboule grave, j'ai presque peur. Peur de ne plus savoir marcher sur les trottoirs, de ne plus savoir lire l'heure, de me tromper de direction dans le métro, d'être gauche et ringarde parmi les minettes à la mode si minces. J'ai eu mon heure de gloire, elle est passée et je ne la regrette pas. Je l'ai dépensée jusqu'à la lie, plus une seconde de disponible.

J'aimerais voyager, partir en Indochine, au pays de l'amant de Marguerite, et voir s'il est là, exsangue dans une fumerie, prêt à me tendre son corps doux et imberbe et à ôter de ma joue cette mèche de cheveux noirs qui la balaye. On boirait des cocktails exotiques très dosés sous une moustiquaire vanille et il attacherait mes poignets aux barreaux d'un monde dont nous serions les uniques habitants. Les larmes me viennent à l'idée de cette idylle. J'en ai besoin, mes membres crèvent d'avoir pris sur eux et ma bouche attend de vraies pelles qui dureraient toute la vie.

J'ai eu des nouvelles d'Esba, il se tient à carreau et s'est mis un peu au RnB en prison. J'ai toujours su qu'il avait une belle voix, de ces voix qui n'ont besoin d'aucun instrument pour faire entendre leur mélodie. C'est peut-être ça qui m'a envoûtée, sa voix et sa haute silhouette d'une élégance qu'on ne peut pas comprendre ici, en France. L'élégance de ceux qui marchent pieds nus, supportent la douleur d'une terre hostile et avancent droit vers un mirage.

Moi, mon mirage est indochinois et il a la classe des mots de Marguerite, cette langue qui fait du bien et du mal, qui s'enroule comme un cobra autour de votre âme pour ne plus jamais vous quitter. Précise et folle, dangereuse et amoureuse, telle est ma Marguerite égarée sur le Mékong de son enfance éternelle, brisant les barrages de bêtise entre elle et le monde. Moi, y a aucun fleuve au pied de ma tour. Mais j'ai besoin de flotter. Juste un peu.

J'ai prévu ma tenue pour le jour de la sortie. Je n'ai pas grand-chose, je ferai avec ce qui me reste dans le sac qu'on me refilera et avec les quelques cadeaux du dirlo que j'ai planqués, dont un cuir qui camouflera ma robe pleine d'accrocs. Quant à l'état de mes escarpins après toutes ces années passées sous scellés, je n'ose même pas l'imaginer. Mais je ne veux pas ressembler à une pute. Je n'en ai jamais été une même si j'ai fait tout ce que j'ai fait. J'ai répondu à la demande, j'étais l'offre. J'ai hâte d'être dans ma piaule.

J'irai postuler dans une librairie, tiens, j'aimerais bien. Je n'ai pas le cursus officiel ni tout le vernis de blabla mais y en a pas besoin pour aimer les bouquins.

Et pour les comprendre, encore moins, ça ne s'apprend pas, ça. La preuve, même en taule on t'incite à lire pour éviter le marteau-piqueur en boucle dans la tête et c'est le seul bon virus que tu puisses choper entre les murs. Une ordonnance sans comprimés d'AZT. Mais voudront-ils de moi ce jour-là quand je leur sortirai tous les trous de mon CV et mon sourire suffira-t-il ? Pas sûr.

Si c'est un vieux machin à l'œil humide qui se la tripote en douce, j'ai ma chance. Mais si c'est une rombière à la tête farcie de philo, je peux investir dans le tablier. *No way.*

Oui, j'ai ramassé le mauvais coton et mon blues s'est tu contre les barreaux. Et aujourd'hui j'aimerais juste me poser sur mon lit dans cette chambre, ôter mes chaussures de ville, sentir la fatigue m'engourdir et me réveiller le lendemain matin dans ma mansarde avec un rayon de soleil qui ne demandera pas de comptes.

J'aimerais regarder vivre les gens à travers leurs fenêtres, épier les volets clos et ceux qui s'ouvrent de bonne heure, ce chat sur un balcon qui frôle le vide en ignorant la mort. Oui, tous ces détails insignifiants que je n'ai jamais eu la chance de voir. Je ne dois plus rien à personne, j'ai tout payé. Le prix le plus fort, la privation suprême : celle de la liberté.

Quatrième entrevue chez le directeur, cette fois son insistance devient suspecte et je ne peux que dire oui. Comment prendrait-il un non ? Outrage à l'autorité ? C'est parti pour l'isolement. Non merci, je préfère encore écouter son absence de vie sexuelle avec Christine. Il fantasme dur, le dirlo. Toujours aucun effort de ma part pour améliorer mon apparence, pas envie. T'es pas mon genre, connard. J'aime pas tes joues de hamster où restent collés les débris de tes repas trop gras, je n'aime pas ton costume Celio qui remonte sur tes épaules et laisse entrevoir ton absence de carrure. Je n'aime pas ta peau bien rasée ni cette coupure que tu t'es faite ce matin et que tu as cautérisée avec un strip de ton armoire à pharmacie hideuse. Je n'aime pas ton odeur de mec qui va chez Sephora à Noël pour sentir bon, je n'aime pas tes chaussettes qui puent l'assouplissant au jasmin, je n'aime pas ton diplôme au-dessus de ton bureau pour dire « Moi je comprends ce qui se passe dans la tête des gens » alors que t'as un trou béant dans la cervelle. J'aime pas ta main qui frôle ton pantalon et laisse présager une horrible petite queue flétrie par le dépit.

Je sais déjà comment tu baiseras, les gémissements de cochon grossier que tu pousseras et les obscénités qui sortiront de ta bouche de bourgeois prolo élevé au maïs transgénique de l'Éducation nationale. J'aime pas la façon dont tu tiens ton stylo car tu n'as rien à écrire, ni la façon dont ton immonde bonne femme sourit sur la photo. Le sourire sans gourmandise qui réclame sa dose de macarons Paul.

Allez, va te faire foutre.

Ma colère intériorisée ne sort pas de ma cage thoracique et je lui expédie un sourire de star de cinéma avec sa valise de promesses.

Il a déjà l'œil humide, encore deux rendez-vous et il est love, prêt, pareil que l'autre trouduc de gardien, à courir sur une plage en me récitant du Baudelaire et à mater le catalogue Histoire d'or pour m'offrir un diamant à crédit. Tu l'auras bien cherché. Un second sourire, plus espiègle cette fois. Il me serre la main quand je sors. Elle colle autant qu'une glu pleine de mauvaises questions. Je la retire en douceur. Faut pas brusquer la marchandise.

J moins trois.

Comment c'est dehors ? Comment ça chante ? Comment ça baise ? Comment ça bouffe ? Comment ça se prend les pieds dans le tapis ? Comment ça grille les feux rouges ? Comment poussent les feuilles sur les arbres tristes du périphérique ?

Je veux un tour de moto à toute berzingue et sans casque avec mes longs cheveux qui me balancent des coups de cravache. Je veux la vitesse et la sensation du cuir sur ma peau. Ne plus jamais m'arrêter, foncer dans le mur et crever en princesse avec une dalle commémorative à faire pleurer les ménagères. Quand j'y serai, dehors, je me mettrai à genoux façon François Ier pour baiser le macadam.

Oui, vous avez marché là, vos chiens ont pissé là, ici il y a tous les cadavres de votre quotidien, les Kleenex dont vous ne voulez plus, vos déchets de malbouffe et vos bouteilles à la mer. Je l'embrasserai ce pavé et je rentrerai dedans par tous les pores de sa peau grise, ramoneuse de vos souterrains, archange de vos larmes retenues. Je sais que vous souffrez, je sais que c'est dur, la ville, qu'il faut du fric et comment ça brûle les doigts. Je sais qu'on a vite fait de finir la tête à l'envers et le cul dans le ruisseau. Faut pas tomber. Faut résister, faut resquiller et prendre le train.

Si personne ne veut de moi pour vendre des bouquins, je me débrouillerai pour aller voir la mer grise de Normandie et écouter les mouettes pillardes. Sapée classieuse dans le cachemire, bouffer des moules avec les doigts en s'enfilant un bon blanc cul sec. Pas de mec, pas de mère, pas d'avenir, pas de projets. Simplement être là avec les frissons que laisse le vent frais sur la peau qu'on ne couvre jamais assez. Là-bas, même en été, il fait froid et il y a la pluie qui joue sa diva, c'est elle la seule gardienne des clés. Elle s'agrippe, brusque les parapluies. Il faut porter un chapeau enfoncé jusqu'aux sourcils et braver les vents contraires.

Avancer coûte que coûte, voir la mer grise. Contempler cette étendue qui nous rappelle qu'il ne faut pas déconner, qu'il y a plus grand que nous, qu'on n'est rien que des microbes vaniteux agrippés à tout ce qui finira par crever. Nous les premiers.

Toujours J moins trois, je me fais des films et je m'imagine chez l'épicier. Un kilo de granny smith bien brillantes et des chips goût barbecue, et puis une demi-bouteille de champagne. Ça s'arrose, la liberté.

Ce sont les gens de l'assistance sociale qui ont meublé ma chambre à Cadet. Comment elle sera ? Comment elle sentira ? La sueur propre des ouvriers payés au black ? Comment sera mon lit ? Est-ce qu'il y aura un couvre-lit avec des fleurs ? En tout cas, je serai libre et je ne devrai rien à personne.

Je suis une fille et pas qu'une mauvaise. Il y a des gens qui sont capables du pire parce qu'ils ont des cerveaux taillés dans des meurtrières. Et puis des gens qui prennent sur eux et crèvent d'ulcères dans des hôpitaux où on ne peut pas désinfecter leur bile. Moi, je préfère être seule si je ne trouve pas l'Amant. Pas question de devenir une bobonne à la pointe de la tendance avec sex toy et salaire de merde pour finir par conclure à l'âge de la ménopause et des bilans hormonaux que j'ai fait mieux que ma mère. Je sais que les hommes trompent et qu'ils matent les culs. Mon père le premier. Démunie, j'ai assisté à la mise en quarantaine progressive de ma mère et j'ai entendu tous les trucs salaces qu'elle a dû accepter pour recevoir un peu de tendresse et le droit d'entendre que son café était froid. Pas la peine de faire un dessin. Et je sais que les hommes continuent à penser que ce n'est pas grave, un petit doigt de temps en temps dans une autre chatte. Combien n'ont pas regardé la mort mais l'ont provoquée ? Et ceux-là, où sont-ils ?

Les casseurs, les truqueurs, les turfistes du dimanche. Le métier de roublard, ils l'ont dans le sang et c'est très tôt qu'ils l'apprennent. Au commencement, c'est à la petite fille qu'ils s'adressent, celle qui sera toujours en verre, qui a été aimée de travers et qui a poussé sans se méfier. Dès ses premiers gazouillis, la mère lui a collé entre les mains une Barbie qu'elle affuble du tablier de maman et de la couronne de Kate Middleton. La soumission, ça s'apprend tôt. Dans la cité, c'est flagrant. Du tablier, certaines passent dare-dare au foulard de pleureuse qui camoufle les mèches du diable. Restent les seins. Ça, personne ne peut empêcher qu'ils pointent, pas même les gynécos du quartier qui refilent des certificats de virginité sans avoir ausculté la gamine. Puis y a le mariage avec un barbu qui se déchire en douce avec ses potes et qui une fois la pantoufle dans le salon soumet la miss, à genoux. Moi, y avait pas moyen qu'un despote comme ça me mette la main dessus.

Oui, à genoux, c'est comme ça qu'elles sont, les filles. Pas toujours une question de voile, des fois c'est à la vue de tous que la violence fait sa fièvre du samedi soir. Et tout le monde se la boucle. Entre les tours, la Miss Monde trimballe son œil au beurre noir et referme la porte sur sa vie de cendres. Pas besoin d'aller au Yémen pour dire l'excision mentale des femmes, les faussaires sont près de chez nous. Ils sont aux terrasses des cafés, dans les halls d'hôtel, dans leurs trois pièces-cuisine aux ampoules cramées et ils n'attendent qu'une chose : le pouvoir. Te la mettre à l'envers et garder les mains propres.

Tout ça pour dire que la solitude n'épargne aucune caste, ni la fille d'en bas ni les bourgeoises ou les intellos juchées sur compensées qui tanguent après un verre de trop. À force de fréquenter les dortoirs de la haute et de regarder la télé en taule, j'ai posé mon télescope sur leurs vies et j'en ai vu des larmes de dépit en calant l'objectif sur leurs peaux entretenues. Combien sont-elles à faire valser leurs cartes bancaires pour payer des coups à un mec en baskets cradingues et au regard de brume qui t'expédie un texto pourri quand ça lui chante et te laisse macérer dans ta vieille douleur de maso ? Pas la peine de sortir la thèse de l'enfance irradiée ou du curé déviant, ces types sont perdus pour l'amour et son Mékong. Ces mecs qui bouffent gratos et envisagent les femmes comme des trésorières sont la version moderne de mon père, sauf qu'ils ne recrutent plus dans les soirées de houblon mais sur les sites de rencontres, organismes de crédit du cœur qui ferment les yeux sur leurs débiteurs. C'est si simple de ne pas pleurer quand t'en as rien à foutre ou de ne pas répondre quand ton téléphone est une étable à minettes prêtes à écarter les cuisses pour quelques fragments du rêve bleu. Ceux-là, ces types qui savent l'isolement des femmes et s'improvisent professionnels de la faille, ce sont les pires. Un beau matin, alors que tu pues la rose en toc dans ton soliflore, ils sont capables de te coller une droite de désillusion en sirotant peinards leur café. Pour avoir joué la partition inverse, j'en sais quelque chose, et même si certains matins je ne suis pas fière de mon reflet, c'est toujours mieux que d'être enchaînée au business de leurs coups de cafard destinés à attendrir l'aide-soignante qui sommeille en toi. Ils te détournent de toi et de ta vie, te menottent à leur âme et c'est prise au piège dans leurs allégories que tu finis, meuf, allégée de quelques milliers d'euros. Non, les putes ne marchent pas toujours sur des talons hauts.

Et puis bien sûr, il y a les autres, les ordinaires, les réguliers, ceux assis tranquillement dans leurs fauteuils à se gratter les couilles en attendant le plat de bolognaise. Et elle arrive, l'autre, la femme pingouin avec sa tête harassée de chagrin, elle arrive, l'autre, avec ses pâtes froides et ses cheveux gras et il va lui dire que ça manque de sel.

Qu'est-ce qu'elle attend pour faire sa valise et partir voir la mer grise ? Trop dur de quitter les marmots qui braillent et le mec qui se tait. Trop dur de disparaître. Pourtant, portée disparue, seule et mystérieuse face à la mer grise tandis qu'une mouette viendrait chanter sa longue mélopée des temps anciens, ça t'irait pas mal. Mais tu ne le feras pas et tu serviras encore des spaghettis dans son assiette de con et tu fermeras les yeux. Tu mentiras et tout le monde te sourira parce que tout le monde ment comme toi, parce que c'est le grand collectif des mythomanes du bonheur. À la tienne.

Oui, ils font ça les hommes et ils en rient et on dit même qu'ils ont du charme, qu'ils sont des hommes à femmes. Moi, j'étais une femme à hommes, j'ai inversé le sens des aiguilles et voilà où j'en suis.

Maintenant, avec le directeur, je ne fais plus des entrevues mais des entretiens en vue de mieux préparer ma réinsertion. C'est l'arnaque qu'il a trouvée pour me faire venir trop souvent dans son bureau et mater mes seins qui pointent sous mon tee-shirt de fille qu'a rien de mieux à se mettre. Toujours aucune incitation explicite de ma part, je le laisse venir et débiter ses conneries. Je suis la reine du Oui, Hum, Ah.

Non, non, qu'il rentre sa queue, c'est pas encore l'heure du porno. Mais il y pense le dirlo.

Il m'imagine déjà à quatre pattes en train d'attendre sa pitance stérile. Je lui dis que j'aime lire, que j'écris parfois quand la brume collective se disperse dans ses activités. Je lui dis que ce que je préfère c'est la poésie parce que ça ne mène nulle part, simplement dans des rêves trop beaux.

Il y est sensible, il m'admire un peu en secret. Je le vois dans ses yeux qui deviennent globuleux quand je lui sors quelques vers bien sentis, de ceux qui plantent des flèches dans l'aorte. C'est gratuit, chéri. Moi, j'attends le panier garni.

Il n'est pas si méchant, il a de la peine, n'aime pas

sa vie et me raconte ça, à moi, kidnappée par l'État pour payer ma dette. Je ne suis même pas sûre qu'il aime ses enfants, qui sont arrivés les uns à la suite des autres parce que ça se fait d'avoir une famille pour la photo. Les boules, non ?

J'ai presque envie qu'il m'embrasse par moments, de sentir quelque chose de doux et de ne plus refuser. Me laisser aller, penser à David qui vient encore me hanter. C'est loin tout ça, échoué dans les souvenirs. Je l'entends divaguer sur le jardinage, les rosiers, décidément, il fait dans la diversification. Il se lève, passe derrière moi. Il y a son souffle chaud, en manque. Une main soulève mes cheveux et prend mon cou. Il a l'instinct de propriété sauf que je ne suis même pas sa locataire.

Je ne bronche pas, la main tente une échappée jusqu'à la naissance de mes seins. Je frémis, de plaisir cette fois-ci. Ça fait tellement longtemps. La main cesse sa route et repart dans la bonne direction. Il bredouille, va craquer. Je ne réponds rien. Statue de sel face à un géant de poussière. Sa main ne suit plus son éthique professionnelle, rien à foutre de la promotion. Elle tente à nouveau, sa main, descend plus loin que la naissance des seins. Je la sens sur mon téton, il le pince. Je pousse un halètement. Il refait plus fort. La main retourne dans sa poche. Il a la trique le con.

Aucun sourire.

— Je peux y aller monsieur le directeur ?

— Non, reste, dit-il, laisse-moi te regarder.

Il se touche, me sourit, je fais genre pareil sur mon jogging dégueulasse, il voit mon tatouage sur le ventre et je crois qu'il jouit.

En professionnel il reprend sur mon avenir, ça lui

tient à cœur, il m'imagine enseignante ou bibliothécaire ou vendeuse dans une parfumerie de luxe, je ne vois pas le rapport.

— Vous sentez bon, me dit-il.

Ça y est la machine à fantasmes est en marche, la chanson populaire qui serre le cœur passe à la radio. Mais l'*avventura*, c'est la vie que je ne mènerai pas avec toi, glandu.

— Je dois y aller, j'ai rendez-vous avec la psy.

Il fait chut avec son doigt. Je fais oui avec la tête. Il me tend un sac, à l'intérieur, des clopes et du rouge à lèvres rouge. Je tourne les talons et referme la porte. Faut jamais se retourner.

J moins deux. Ma mère a appelé. Elle a cessé de faire sa chanteuse des rues bourrée pour assurer le minimum syndical et s'intéresser à mon avenir. Une conversation triste entre deux femmes qui s'aiment mal. Elle a la voix pâteuse et enrouée. Elle me parle de la cité, de la dégradation. Comment ça peut s'améliorer en même temps ? Des gens qu'on parque sans une thune dans des endroits sans un arbre, il ne peut pas leur pousser des ailes. « Tu viendras me voir, je m'ennuie », elle me sort. Je ferme les oreilles à ses plaintes. Je ne peux plus. Laissez-moi. « Oui, je viendrai, je suis toujours venue. » C'est vrai, en plus. Sa mère, on ne l'abandonne jamais complètement même quand elle est à la ramasse dans les rues et que ses beaux cheveux brillants ont fini par ressembler à un balai-brosse.

Oui, je viendrai, maman, je t'apporterai des granny smith et on entendra l'abeille bourdonner autour de la table et se poser sur les fleurs en plastique. Je brosserai tes cheveux fatigués et je déposerai un baiser sur ta vieille carcasse que l'autre con n'a pas su garder jeune. « Au fait, t'as toujours ta doudoune rose ? »

Je raccroche, je ne peux plus. Je sanglote comme une conne, je repense à ma mère qui chante *Titanic* sur le canapé, à sa main maladroite sur ma tête, aux commissions sans argent dans les grands magasins, à ses mises en garde de petite fille qui n'a jamais pu devenir une femme et qui s'est tout fait bouffer par mon père. Je pleure longtemps, ce n'est pas du cinéma, c'est le long chagrin de ceux qui ont bouffé de la vache enragée. Le chagrin est à l'intérieur, en profondeur. Dissonant, entêtant.

L'assistante sociale m'a montré des photos de ma future piaule. Cette piaule où je suis censée me reconstruire, comme elle dit tout en secouant sa tresse et en me reluquant avec son air de ravie de la crèche. Douze mètres carrés, je ne vais pas non plus leur baiser les pieds. Elle est gentille, la Bécassine, impliquée et droite, elle sent la loi. Elle m'a donné ses coordonnées et me parle d'un petit café pour faire le point une fois que je serai installée. Il en faut des comme ça, des mystiques prêtes à mourir sur la croix d'une cause dont tout le monde se branle. Je lui fais de beaux sourires, on ne sait jamais. J'ai tellement peur que ce soit pour de faux, que des gens tout en noir me convoquent pour me sortir que, finalement, je suis condamnée à perpétuité.

Non, c'est sûr, c'est vrai : je sors dans deux jours. Je transpire des pieds tellement ça fait longtemps qu'ils n'ont pas bougé, tellement ça fait longtemps qu'ils ne sont pas rentrés dans des escarpins. Je n'ai plus l'habitude, je vais tomber.

Peut-être qu'on me ramassera ? Peut-être que mon palanquin sera un homme, un vrai, un craquant avec une bouche de miel et des cigarettes anglaises ? Un qui me prendra en stop au bout de l'impasse et on se cassera l'air de rien ? Dans sa voiture rouge, on roulera sans comprendre qu'on n'a nulle part où aller et on s'arrêtera et les gens nous regarderont et nous trouveront beaux parce qu'on ne sera pas comme eux, parce qu'on aura les cheveux emmêlés et du sable entre les orteils. On boira du café qui brûle le palais et on parlera des enfants qu'on n'aura jamais et on ira danser un tango définitif dans un vieux bouge mal éclairé où des Apaches jouent la mort aux cartes. Et on se réveillera sans savoir quel jour on est, simplement perdus dans une illogique machine à arrêter le temps. Au petit matin, chacun reprendra la route du vent.

Trêve.

Sur les photos, la chambre de bonne est claire, sobre et asexuée. Un logement témoin. Pas question de me plaindre. Je vois déjà les couleurs que j'ajouterai, les objets pour égayer et ces rideaux qu'on trouve dans le Sud avec des perles qui ralentissent le passage et laissent filtrer une douce lumière d'été. Ça sera beau et sensuel, je mettrai des tapis et des bougies au jasmin et j'attendrai des jours meilleurs. Y en aura forcément, non ?

Puis j'ai écrit un livre et ça dessine le destin. Il était là mon Méphisto des mots mais je ne le savais pas, il restait terré dans ses vices à bouffer son enfer trop dur et, après un bon coup de fourche, il a enfin dégainé sa prose. Un bouquin c'est pas le paradis, c'est un ciel de flammes. J'attends le jour où je serai convoquée à la télé. Je serai à côté de Jean d'Ormesson et j'écouterai des citations. J'ai bien aimé celle-là : « Je suis plein du silence assourdissant d'aimer. »

Et moi, monsieur, je suis pleine du bruit assourdissant

de vivre. Et je prendrai des poses genre j'ai un fume-cigarette et je parlerai de l'écriture inspirée et de toutes ces phrases à la con que j'ai entendues dans les émissions et que j'ai jamais compris comment on pouvait écrire des trucs pareils. Écrire c'est réel, même si c'est un rêve et qu'on peut en crever tellement on rêve.

Je porterai une jupe fendue pour regarder droit dans les yeux le chevelu et peut-être qu'il touchera son entrejambe et je serai invitée à des cocktails où je finirai en roulant sous la table. Et j'irai chez Beigbeder avec Joey Starr pour fumer des joints longs comme l'ennui en buvant des grands crus, et je serai lue dans les gares par des infidèles qui iront retrouver leurs amants après avoir collé le plat de spaghettis sur la tête des gros cons. Pas assez de sel ! Salut connard. Et je finirai planquée sous le voile de celles qui veulent mourir les cheveux dans le vent. Et je serai à la place du flingue dans la boîte à gants de toutes les autres qui attendent de passer la quatrième.

Enfin, il y aura au bord d'une mer cette ville qui ne crache pas son venin, où j'arriverai par le train de midi. Puis je tournerai à gauche et remonterai la grande avenue. Et je finirai ivre et seule dans un hôtel chic de Normandie.

Marguerite, petite bonne femme enviée et chancelante, on te pille ta prose, ton phrasé inaccessible et tes bouteilles de vin que tu n'aurais confiées à personne. Qui serait à présent capable de se saouler comme toi avec une telle indignité et une telle douleur ? Je veux ton ventilateur au-dessus de ma tête. Je veux ton oubli opiacé et ton amant indochinois. Sentir le désir de ses bras noueux qu'aucun amour ne pourra rassasier. Partager ta chair.

Petite bonne femme terrible, toujours à réinventer. Tu te couchais tard, tu ne dormais plus. Plus jamais. *L'Amant*, c'est le seul livre de toi que je connaisse mais c'est celui qui me permettra de marcher dans deux jours rue Cadet pour rejoindre cette chambre sans moustiquaire où la suite reste à écrire.

Oui, J moins deux avant un café serré et un croissant chaud.

Le directeur resserre l'étau de son avidité. Dans mon cerveau un court-circuit autorise mon cul à lui appartenir. Azimutée, je mute en pâte à modeler pour grand enfant. Je le laisse m'envahir. Il y croit, le Frison-Roche, à son sommet de baise sous l'œil avachi de Madame et des marmots qui découvrent la vie en plein air. Adrénaline ! Et en plus il cause, quelle vacherie de l'écouter, de se taper le nom du poisson rouge, la varicelle du petit dernier et les varices de la reine mère. Je fais genre j'attends que ça passe. Buté dans sa coquille d'hiver, mon corps se rétracte contre le sien.

Les cadeaux affluent avec les promesses. Je pourrais garnir un train complet. En attendant je ne voyage nulle part, simple copilote de sa tête rendue folle par des années de besogne. Quand il aborde ma remise de peine, mon oreille se dresse et je deviens chien de chasse. C'est bon, c'est bon, chéri, continue.

— Je vais écourter ta vie dans cet enfer.

Oui, écourte. Mais ça devient dangereux, je suis convoquée tous les jours dans son antre. En ado surexcité, il m'envoie entre les cuisses avec une régularité d'homme de loi son printemps de lycéen. Enfin, il s'autorise tout ce à quoi il avait renoncé pour ne pas mettre à mal son éducation de jésuite. Le grand retour du naturel. Puis, un après-midi, un après-midi de trop, il en vient aux propos délirants : il est question de mon évasion. Pas quelque chose de spectaculaire, non, des pourboires alléchants à des gardiens coopérants, et la grande porte qui s'ouvre. Lui et moi, libres.

Libres de quoi, au juste ? Mais de s'aimer, mon cadeau pour tes vingt-trois ans. Ma puce. J'ai les jetons. Nous aimer lui et moi, mais pour quoi faire ? Je n'aime personne. Tu vois bien comment je me traite ! Tu vois bien comme mon corps dit oui alors qu'il espère très fort euthanasier le tien. Tu ne sens pas mon mensonge quand tes lèvres se posent sur mes frémissements de mauvaise hardeuse ? Dans quelles illusions fais-tu tes ablutions pour supposer un instant que tu puisses me plaire ? Sais-tu qui je suis ? La Petite Barbare, non ?

Elles m'appellent comme ça les copines de cellule. Elles savent mes yeux noirs et la colère qui s'y agite. Elles savent les mecs que j'ai enchaînés à eux-mêmes pour cimenter mon reflet. Si je dois aimer, ce ne sera pas toi avec tes espoirs de prolo qui frémis devant ton compte épargne. T'as rien compris à mon rêve bleu. Il ne te ressemble pas, il n'a pas cette allure de défroqué. Il a de la classe, l'élégance d'une peau sans compromis. L'évasion avec toi, ce serait pire que l'enfermement.

En attendant, il n'a pas l'air de plaisanter. L'épouvante me gagne, je vais finir pire que j'ai commencé, hébétée sur un fauteuil club avec un connard que je ne pourrai même pas buter. Je lui colle une gifle. Qu'est-ce que je n'ai pas fait ? Il croit à un jeu, un truc un peu déviant.

— Tu veux que je t'attache ?

Quelque chose craque en moi avec une violence aussi imprévue que dévastatrice. Mon cri est celui d'un animal qu'on bat depuis des années et qui un beau jour chope la rage, détache son lien et court vers la forêt.

Je suis cet animal. Je me jette sur lui avec la force nouvelle de mes crocs enfin libres et je le mords de toutes mes forces. Il a la joue en sang, la queue à l'air. Le boucan est tel que l'alarme se déclenche. Inévitablement, je me retrouve clouée au mur, les menottes et une matraque sous la gorge. Au sol, les preuves du délit : la bouffe, l'alcool à profusion, les dessous de pétasse, l'argent et la photo de bobonne tournée face contre terre.

Je baisse les yeux. Les siens montent au ciel, il les remplit de larmes. Larmes de honte, honte d'avoir été lui-même le temps de quelques mois face à une fille qui ne pouvait pas lui rendre la monnaie de sa pièce. Démerde-toi. Je ne t'ai pas forcé, tu as choisi. Il faut toujours payer, tu es bien placé pour le savoir. Dans son dernier numéro de mec bien, il me charge de toutes les fautes, sauf que j'avais encore ma culotte quand ils ont enfoncé la porte qu'il avait bloquée. Sauf que moi, je suis déjà au trou et que je ne peux pas descendre plus bas. Si, à l'isolement, ça c'est mortel et j'y aurai droit. Mais toi, tu vas prendre l'humiliation de ta vie, le dirlo, un truc à finir camisolé à perpétuité. Ça t'apprendra à jouer avec le feu alors que t'es fait d'eau tiède. Tu brûles dans la catastrophe de ta vie et tu te souviens enfin que t'as des enfants. Des enfants qui viendront au parloir dire bonjour à papa qu'a baisé la Petite Barbare. Vilain papa. Et Grace Kelly la tueuse-née, celle qui t'a rendu comme ça à force de dégainer le plumeau et d'oublier la mer grise de Normandie. On devrait l'enchaîner à toi, à tout jamais, pour que vous contempliez la déliquescence de vos principes de Disneyland.

Toi qui jamais n'as vraiment écouté, ou alors en écartant mes mots d'une main nonchalante, l'endroit où j'avais grandi et qui a fait de moi ce que je suis aujourd'hui, voilà : une furieuse qui t'a sauté à la gorge te fait boucler à double tour et affronter l'opprobre.

Non, tu n'as rien écouté, je le sais. Comme d'habitude, j'ai parlé avec quelques sourires et le regard baissé mais tu ne pensais qu'à une chose : baisser mon jogging dégueulasse et me la fourrer jusqu'aux amygdales. Débutant.

Bravo, t'as décroché le Mickey de la fête foraine. Ils t'embarquent dans leur grand manège et les ex-regards amis te jettent à terre, du haut de toute leur bienséance outragée. Et tu finiras là où jamais tu n'aurais imaginé finir. Concrètement : en taule. Y a bien une justice, finalement.

Après le flag avec l'autre tordu de dirlo j'ai espéré un flingue. Appuyer sur la détente et disparaître. Ma parole contre la leur. La bonne blague. Depuis quand on écoute les apprenties putains dans ce pays ? Ou alors si, pour leur enlever un bout de trottoir et les remiser sur les boulevards avec leurs culs offerts aux griffes de la nuit. Plus de protection pour les tapineuses, plus de maquereau qui tapote la joue et repasse dans une heure pour mettre les compteurs à zéro.

Alors à défaut d'être écoutée par les vendus de la justice, j'ai écrit mon histoire et j'ai tenu le coup. Après tout ce cinéma, j'ai rien su du dirlo et de ses pleurnicheries, ni de son mea culpa de faux cul. Je l'imagine bien transpirant dans sa chemisette, le trouillomètre à zéro dans ses chaussettes de tennis ou inventant sa version des faits avec moi en salope éternelle et lui en couillon trop dupe. Tu vas te le taper le ballon, mec, t'inquiète, et crois-moi t'auras pas le panier gagnant.

Ouais, y a plus eu qu'à écrire et compter les jours, très exactement cent quatre-vingts jours en solo rien qu'à t'éclater les ongles sur les murs. La matonne qui te refile ta bouffe comme une gifle, la promenade dans la cour et quelques fulgurances avec le Dr Neveu. Celui-là je lui refile mon as de cœur. Quand il m'a dit que les séances étaient terminées et qu'une nouvelle prenait le relais de ma tête, tout ça en évitant les trémolos sur le quai de gare, je n'ai rien su dire. Ma queue-de-cheval était haute et mes joues rosies par l'émotion ne me faisaient plus honte.

La façon dont il m'a regardée, ça vaut tous les regards. Y a des regards comme le sien qui ne te rendent jamais ridicule, qui t'ordonnent de te tenir droite car si tu ne le fais pas personne ne le fera pour toi. Il avait le feeling le psy, pas de prêche à la con, pas de mots en trop, simplement deux prunelles qui t'inoculent le sérum de vérité. Avec lui pas de cause perdue puisque de toute façon y a plus de cause. Il ne s'agit pas de retourner ta veste mais de porter le truc qui te donnera du style même si t'as plus de quoi bouffer.

Y en a qui appellent ça la dignité. Même en bas, t'y as droit et ça, personne ne le dit.

Avant de mettre les voiles, j'ai envie de dire merci. Un vrai merci chaleureux. Qu'on le veuille ou non, qu'un jour des rotatives l'encrent pour l'éternité, qu'importe. Il est là, entre mes mains, déjà jauni et lointain. Mon manuscrit.

Je ne sais pas si j'ai compris pourquoi j'ai fait ça, toute cette déferlante de haine en apnée. Je ne sais pas si c'est important et parfois je me demande même si tout était réel. L'important, c'est demain, que ce demain amorce un tempo bien balancé. Que les noires bousculent les blanches. Harmonie et dissonance, juste ce qu'il faut pour laisser l'improvisation s'en mêler.

Oui, fini les arêtes et les angles morts sur l'autoroute de la poisse. Fouler enfin les herbes folles et extirper de ma cage thoracique les « À demain » qu'on offre sans attendre la réciproque. S'arrêter sur un banc, au plus près d'un fleuve et en saisir les remous. S'asseoir face à la brume. Que surgissent les fantômes de papier, les princesses répudiées, les vagabonds sur des embarcations d'infortune, des villes hautaines et violentes, des lumières aux fenêtres avec, dans l'embrasure, des femmes qui tentent de vivre leur vie. Les éplucher jusqu'au suc. En finir avec les culs sur les canapés et les bipèdes qui s'y enfoncent.

Je te l'enverrai, maman, mon livre. Ta main sur mes cheveux. Les chansons en embuscade dans ta gorge. Ta doudoune rose. Tes tentatives pour m'aimer aussi vaines que les miennes pour te le dire. Laissons les mots d'amour où ils sont cachés : dans nos secrets.

Je te l'enverrai, Esba, mon livre. Ami virtuose de la colère. Avec tes longues jambes qui ont franchi tant d'obstacles. T'es au trou pour un bail mais je viendrai te voir. Qu'importe ce qu'ils en pensent. Personne, tu m'entends, personne ne pourra m'empêcher de t'aimer en dépit de ce que tu as fait. Jamais je n'oublierai ton allure de prince noir désinvolte, ni cette douceur brute dans tes yeux de fou. Ton menton arrogant et ta main brûlant de se poser sur mon cul pour se raviser sur ma nuque sont gravés dans un endroit de ma mémoire qu'aucun poulet ne pourra menotter.

Je te l'enverrai, Dr Neveu. Pour tes yeux autrement qui ont su punaiser ma colère à d'autres murs et à d'autres feuilles que les OCB pour les pétards. Pour ce visage à peine souriant que tu m'as offert alors que j'attendais un doigt dans la chatte. Pour m'avoir vue comme une petite fille, une femme en devenir. Pour ne pas avoir raconté mon cul mais ce que mon cul avait fait à ma pauvre tête. Je te l'enverrai, Dr Neveu.

Là, on ne s'en fout pas.

J moins un.

On t'aime. Tu donneras ça à mon fils ? Va voir ma mère, dis-lui que je pense à elle. Dis à mon mec que j'ai une putain d'envie de sentir sa langue. Bois du Get 27 et trinque à ma santé. Ma fille, dis-lui qu'elle me manque et que je serai bientôt là.

Ce sont leurs phrases, j'ai plein de bouts de papier. Un grand bol d'air et dire que c'est elles qui sont enfermées. À rien y comprendre. Y a de l'humidité dans l'air. Ça se mouche de tous les côtés. Moi aussi, je les aime. Ce que j'ai rencontré auprès de ces filles perdues, c'est bien plus que la nuit, c'est ce que fait l'injustice.

Oui, ça existe. C'est là comme du pissenlit, ça pousse partout et l'ascenseur social ne s'arrête pas dans notre pays. Au pays des filles perdues, y a que des escaliers qu'on grimpe sans trouver la fin du labyrinthe. Elles sont tendres, avec leurs cheveux gras, leurs culs avachis et leurs illusions de gamines. C'est ce qu'elles sont, c'est pour ça qu'on les a bouclées à double tour : des gamines. À elles les hommes ont tout fait, sauf l'essentiel.

J moins un. C'est demain putain. Mes pieds boudinés dans les escarpins, ma robe de starlette destroy et les feux rouges à esquiver. Les bagnoles qui vont m'écraser. Comment on dit bonjour ? Comment on dit bien cuit le steak ? Comment on dit merci ? Comment on dit un ticket de métro ? Comment on ouvre la porte de sa maison ? Comment on fume une clope en regardant par la fenêtre ? Comment on lave son linge ? Comment on roule une pelle à l'homme qu'on kiffe ? Comment on fait ?

Y aura toujours des cons pour me faire des reproches et me regarder par le filtre de leurs binocles de juge. Ceux-là, faudra que je gère. Que je reste calme, surtout. C'est tentant de leur en coller une. Non, penser au fleuve et flotter. Ailleurs, c'est déjà autre part.

Pour la dernière anecdote, ils ont coupé mes cheveux. Je les ai vus trépasser sur le lino, un peu amère de la fin si tragique, entre la balayette et une pelle, de ces mèches qui m'accompagnent depuis l'enfance. Il paraît que ça repousse de la même façon mais je n'y crois pas. Ce qu'on vous enlève d'un côté ne repousse jamais pareil.

Et si je passe vraiment à la télé, comment je ferai ? J'aviserai le moment venu mais j'ai quelques exigences : un fond de teint clair pour accrocher la lumière et une petite coupe de champagne pour fêter ça. Surtout, ne me collez pas à côté d'un universitaire ou d'un bobo à mèche qui s'habille pauvre et dégobille sur les mérites de la mixité sociale et du vin de l'amitié échangé sur les attristantes terrasses de l'Est parisien, je ne peux pas les blairer. Projetez-moi quelques photos de Marguerite et soyez gentils, ne la coupez pas au montage. Dans l'idéal, j'aimerais en vendre un paquet et, avec le fric, loger ma mère et son tour de chant alcoolisé dans un pavillon où elle sera à l'abri des quolibets et pourra s'époumoner tranquille vêtue de cette éternelle doudoune rose seconde peau sans laquelle elle ne serait plus la même.

Je n'ai plus grand-chose à ajouter. Ah si, j'ai peur. De ne pas réussir à commencer.

C'est le grand jour. La porte de la taule se referme. Claquement des talons sur l'asphalte. L'oreille en chasse, je n'en perds pas un seul battement. Aujourd'hui c'est l'été mais y a pas de soleil. *L'Amant* de Marguerite bien calé dans le sac, mon blouson de cuir noir pour costume de scène, je marche vers la station de bus. Le rouge, c'est à l'intérieur que je le porte. Aucune voiture ne m'attend. Y a une flaque d'eau et je me la prends. Contact froid et poisseux, c'est crade et jouissif en même temps.

Demain, je serai libraire, fille de ma mère, amante d'un gadjo aux poches pleines, éleveuse de chiens enragés ou strip-teaseuse qui garde le bas. Qu'importe. Je serai dehors. Y a un petit vent qui s'est levé. Frissons. L'orage n'est pas loin et c'est à ses côtés que je suis, au plus près de cette foudre que les gens fuient. Tonnerre, saisir la vie dans ses éclairs, ne rien prédire, laisser le ciel et ses oracles fous là où ils sont. Qu'importe. Gueuler avec les mouettes, se casser la gueule et ne pas en faire une maladie. Ne rien lâcher sinon ils te le prennent. Ne plus maîtriser car on ne fait jamais que réagir à ce que la vie met sur notre route. Les miettes je les laisse, j'ai trop la dalle. Demain je la jouerai en solo mais la salle sera bondée. Au fait, pas la peine de quémander un rappel, je suis déjà loin. Bientôt la prison ne sera plus qu'un point minuscule, une écorchure dans le ciel de brume.

Je hèle le bus, le chauffeur est plutôt mignon dans le genre assis toute la journée. Un petit sourire et je ne paye pas mon ticket. Mon terminus, c'est Paris. À l'ancienne, je pose mes pieds sur la banquette arrière et je passe la main sur ma nuque. Y a plus que du duvet. Ils ont tout coupé, sauf ma tête.

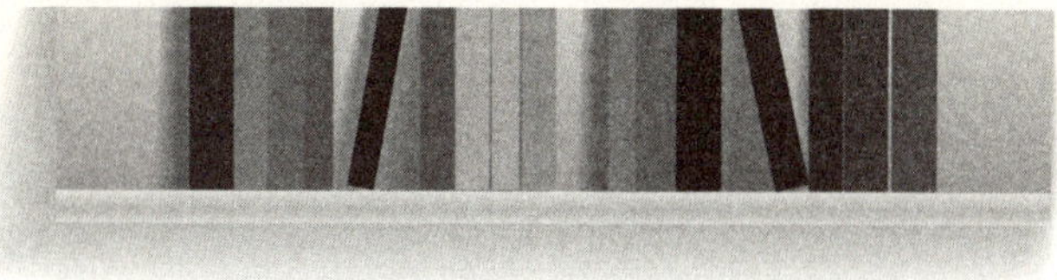

Composé par Nord Compo
à Villeneuve-d'Ascq (Nord)

Imprimé en France par CPI
en juillet 2016
N° d'impression : 3017631

POCKET - 12, avenue d'Italie - 75627 Paris Cedex 13

Dépôt légal : août 2016
S26725/01